A mulher escritora

Madame de Genlis

A mulher escritora

Madame de Genlis

Prefácio de Damien Zanone

Tradução e notas de Valter Cesar Pinheiro

alameda

COLEÇÃO GARIMPO DOS EDITORES

Grafia atualizada segundo o Acordo Ortográfico da Língua Portuguesa de 1990, que entrou em vigor no Brasil em 2009.

Edição: Haroldo Ceravolo Sereza / Joana Monteleone
Editora assistente: Danielly de Jesus Teles
Projeto gráfico, diagramação e capa: Danielly de Jesus Teles
Assistente acadêmica: Tamara Santos
Tradução: Valter Cesar Pinheiro
Revisão: Haroldo Ceravolo Sereza
Imagem da capa: LEMOINE, Marie-Victoire. ABILLE-GUIARD, Adélaïde. *Portrait de Madame de Genlis*, 1781

CIP-BRASIL. CATALOGAÇÃO-NA-FONTE
SINDICATO NACIONAL DOS EDITORES DE LIVROS, RJ

G291m

Genlis, Madame de
A mulher escritora / Madame de Genlis ; prefácio de Damien Zanone ; tradução Valter Cesar Pinheiro. - 1. ed. - São Paulo : Alameda, 2021.
112 p. ; 21 cm. (Garimpo dos editores)

Tradução de: La femme auteur
ISBN 978-65-5966-021-6

1. Ficção francesa. I. Zanone, Damien. II. Pinheiro, Valter Cesar. III. Título. IV. Série.

21-70268 CDD: 843
CDU: 82-3(44)

ALAMEDA CASA EDITORIAL
Rua 13 de Maio, 353 – Bela Vista
CEP 01327-000 – São Paulo, SP
Tel. (11) 3012-2403
www.alamedaeditorial.com.br

Sumário

Madame de Genlis, definitivamente mulher escritora 7
Damien Zanone

A mulher escritora 23

Cronologia 105

Madame de Genlis, definitivamente mulher escritora[1]

Damien Zanone

Madame de Genlis (1746-1830) viveu mais de oitenta anos uma vida dividida, de modo igual, em duas épocas sociais e literárias separadas pela Revolução Francesa; ela multiplicou as formas de escrita; ela era mulher. Esses três aspectos são razões suficientes para minorar a importância de um escritor, seja qual for o valor que lhe tenham dado seus contemporâneos.

Desde o início do século XXI, porém, à medida que a narrativa produzida pela história literária se torna objeto de incessantes discussões que contestam sentenças proferidas no passado, esses mesmos aspectos agem em sentido inverso

1 "Madame de Genlis, décidément femme auteur", texto originalmente publicado na revista *Le Magasin du XIX*[eme] *siècle*, órgão da Société des études romantiques et dix-neuviémistes, no número intitulado *La femme auteur*, nº 1, Ceyzérieu: Éditions Champ Vallon, p. 36-39, nov. 2011. Disponível em: http://hdl.handle.net/2078.1/106041. Acesso em: 30/03/2020.

e, pouco a pouco, os estudiosos lembram-se de que Stéphanie-Félicité de Genlis existiu e aprendem a situá-la e a caracterizá-la. O período que vê operar-se a misteriosa passagem das Luzes ao romantismo torna-se um lugar de investigação considerado, as classificações genéricas incontestáveis tornam-se questionáveis e os escritos de mulheres beneficiam-se de terem sido tão ultrajantemente negligenciados até então e são reabilitados como objetos dignos de atenção. Madame de Genlis – mulher escritora que escreveu sobre mulheres escritoras, mulher que dedicou toda sua vida à escrita para difundir um saber múltiplo e uma visão de mundo coerente – não pode deixar de atrair a atenção nem de motivar o estudo de sua obra.

Numerosa e diversa

Oriunda de uma arruinada família da baixa nobreza, Madame de Genlis deve sua ascensão e seu triunfo social à arte e à perspicácia.

A arte adquire-se pelo esforço: ainda menina, nossa personagem impôs-se como um prodígio da harpa ao apresentar-se, levada por sua mãe, nos salões. Para além dos elogios de todo tipo ao seu talento e à sua inteligência, um casamento vantajoso a escora na altíssima sociedade aristocrática, que se torna, então, seu território familiar. Acolhida pelo círculo familiar dos Orléans, torna-se próxima – e amante – do duque de Chartres (duque de Orléans em 1785), que a incumbirá, em 1777, de educar os filhos dele. Madame de Genlis vem a ser, portanto, "governanta dos Filhos da França", tendo sob seus cuidados os jovens príncipes de sangue,[2] dentre os quais o futuro rei Luís Filipe.[3] Ela implementa em favor deles uma atividade pedagógica inovadora, orientada para a aprendizagem do mundo tal como ele é (com, por exemplo, o ensino das línguas vivas ou ainda o das realidades técnicas e sociais, de que servem de prova as maquetes construídas a fim de apresentar os mais diferentes ofícios do artesanato, que hoje integram o acervo do Musée des Arts et Métiers de Paris).

Nos dez anos que precedem a Revolução, Madame de Genlis estabelece em definitivo sua reputação de pedagoga pela publicação de escritos orientados para essa área: o *Théâtre à l'usage des jeunes personnes* (Teatro para a juventude), que ganhou seguidas edições durante boa parte do século XIX; *Adèle et Théodore,* romance epistolar em que são desenvolvidos três projetos educacionais (para

2 Príncipes da família real francesa (N. do T.).

3 Louis-Philippe I (1773-1850), último rei francês, reinou de 1830 até a abdicação, em 1848 (N. do T.).

os príncipes, para os meninos e para as meninas) e que pretende fornecer uma resposta polêmica ao *Emile* de Rousseau; *Les veillées du château ou Cours de morale à l'usage des enfants* (Os serões do castelo ou Curso de moral para as crianças). Inteiramente voltada para questões da educação, essa produção inicial da autora dá o tom ao conjunto do que ela vai escrever: instruir pela transmissão de saberes positivos e educar moralmente é a grande aventura da vida de Madame de Genlis, sempre obcecada por ter alunos em redor dela e propensa a transformar seus leitores em alunos. Essa "verve para a pedagogia levada ao limite da mania" (Sainte-Beuve) dá unidade a seus muito diversificados escritos: quaisquer que sejam, neles sobressai o empenho em fazer com que cada um aceite seu lugar no mundo e preze os deveres que lhe são outorgados.

A moral e a religião são dois princípios que mantêm vínculo obrigatório sob a pluma de Madame de Genlis, que o enuncia com firmeza na obra que, em 1787, a insere no campo do anti-Iluminismo: *La Religion considérée comme l'unique base du bonheur et de la véritable philosophie* (A Religião vista como o único fundamento da felicidade e da verdadeira filosofia). Esse programa militante, exposto continuadamente em uma obra em que "moral e religião" emergem como uma unidade venerável que parece não ser nunca contestada, poderia ser desanimador, mas a literatura se junta a elas como um terceiro termo, que, felizmente, desestrutura a união dos dois outros. Madame de Genlis gosta de contar e de irradiar a proposta moral dos relatos que inventa como romancista ou que restitui como historiadora: suas narrativas amiúde falam mais – ou de modo diverso – do que aquilo que a autora gostaria de dizer.

A partir da Revolução, acontecimento que dá vida à História e obriga a pensá-la, os escritos de Madame de Genlis apresentam com frequência uma matéria histórica. O edifício social a cujo topo a autora se tinha içado ruiu: as veleidades da "facção de Orléans" a que ela pertencia mudam bruscamente de rumo nos primeiros anos do alvoroço político (o duque de Orléans é guilhotinado, bem como o Sr. de Genlis) e Madame de Genlis experiencia na sequência uma emigração errante e difícil pela Inglaterra, Alemanha e Suíça.

Suprimida da lista de emigrantes em 1800, retorna à França e recebe do Primeiro Cônsul Napoleão Bonaparte uma pensão e um abrigo na Biblioteca do Arsenal, local em que vive durante os anos do Império. São anos de escrita e de um prestígio reconquistado pela ação exclusiva de sua pluma, em particular graças a romances ditos históricos que dão a casos que ficaram famosos nos anais do Ancien Régime a forma de narrativas dialogadas e sentimentais: *Mademoiselle de Clermont, La Duchesse de La Vallière, Madame de Maintenon.* O conhecimento que tem Madame de Genlis acerca da vida na antiga corte torna-se uma competência respeitada e valorizada, e ela publica, pouco depois da volta dos Bourbons, um *Dictionnaire critique et raisonné des étiquettes de la cour de France ou L'esprit des étiquettes et des usages anciens comparés aux modernes* (Dicionário crítico e racional das regras de etiqueta da corte francesa ou O sentido das regras de etiqueta e dos costumes antigos comparados aos modernos). Durante a Restauração,[4] a prolixidade literária de Madame de Genlis é reconhecida como um fato lendário: a soma dos escritos publicados a partir de 1780 constitui um conjunto de tal monta que desencoraja qualquer esforço para a realização do inventário de seus textos[5] e impressiona pela

---

4 Nome que se dá ao período em que a monarquia foi restaurada na França, entre a primeira abdicação de Napoleão Bonaparte e seu posterior retorno – de 06/04/1814 a 01/03/1815 – e a queda de Napoleão e a Revolução de Julho de 1830 – de 07/07/1815 a 29/07/1830 (N. do T.).

5 Trabalho efetuado, no entanto, há alguns anos por Marie-Emmanuelle PLAGNOL-DIÉVAL. *Bibliographie des écrivains français: Madame de Genlis.* Paris/Roma: Memini, Coleção "Bibliographica", 1996.

diversidade de formas abordadas (peças de teatro, contos, seletas de pensamentos morais e religiosos, ensaios sobre literatura, guias práticos sobre diferentes aspectos da vida cotidiana, romances). Suas *Mémoires*, lançadas em 1825, serão a cereja do bolo de sua obra: nelas, a autora quase octogenária dá livre curso, em dez volumes, à narrativa de uma existência que é promovida a exemplum indispensável para compreender a história política, literária e mundana dos setenta anos que a precederam.

Do purgatório à redescoberta

A carreira literária de Madame de Genlis após a Revolução Francesa não se distingue da antecedente ("mania" pedagógica, defesa da "moral" e da "religião"), mas dois aspectos se acentuam: de um lado, o prazer de contar existências reais ou supostas para expô-las ao mundo, concebido como um campo minado de armadilhas morais e um lugar de teste de princípios; de outro, a exaltação do passado, do período clássico em particular, como uma idade de ouro com base na qual o presente é aferido e amiúde criticado. Deduz-se que nem todos apreciavam esses discursos e que Madame de Genlis teve numerosos inimigos: ela merecia tê-los, pois uma parte significativa de sua obra inflamava-se de verve polêmica contra os filósofos e, mais globalmente, contra os "modernos", dos quais desvela as falhas em todos os planos, tanto na língua quanto nas ideias. Sobre essa questão, o discurso que predomina durante e pouco após a Restauração é aquele em que se considera Madame de Genlis, apóstola da "moral" e da "religião", uma insuportável hipócrita: muitos comprazem-se em realçar a distância entre as rigorosas proposições que Madame obstinadamente sustenta e aquilo que se sabe ou se pensa saber de sua vida passada. Raros são os que, como Talleyrand[6] (segundo afirma Gabriel de Broglie em sua biografia sobre Madame de Genlis), exprimem indulgência para com esse percurso longo e sinuoso: "Nas naturezas compostas, a imobilidade advém da maleabilidade".[7] O tom é implicante, como atesta a *Biographie universelle* de Louis-Gabriel Michaud, publicação de que

---

6 Charles-Maurice de Talleyrand-Périgord (1754-1838), político e diplomata francês, ocupou postos do primeiro escalão governamental (dentre os quais o de Ministro das Relações Exteriores) sob todos os regimes vigentes na França na virada do século XVIII para o XIX, do Ancien Régime à Monarquia de Julho, passando pela Revolução, Primeira República e suas formas distintas de governo – Convenção Nacional, Diretório e Consulado –, Primeiro Império e Restauração (N. do T.).

7 Gabriel DE BROGLIE. *Madame de Genlis*, Paris: Perrin, 1985. p. 481.

Madame de Genlis teria participado não fosse um desentendimento com o autor: na nota dedicada a Madame de Genlis, que ocupa vinte e duas páginas impressas em pequenos caracteres, disseca-se sua vida em um tom panfletário, retomando fatos e atitudes narrados nas *Mémoires* a fim de analisá-los como sintomas permanentes de um pedantismo desmedido, de um orgulho nobiliárquico assombroso etc. Dessa nota, há uma passagem que, por revelar o quão capaz era Madame de Genlis de suscitar hostilidade, vale a pena citar: "Não contente por publicar tantas obras, ela criou, em 1820, em um jornal intitulado *L'Intrépide*, uma espécie de curso de gramática prática que consistia em assinalar a cada dia os erros que os jornalistas cometiam. Essa ridícula tarefa restringiu-se ao primeiro número, mas deixou transparecer um traço de caráter que retrata Madame de Genlis por inteiro".

Stendhal mostrou-se um dos detratores mais ferozes dessa senhora, de quem particularmente arranha a imagem no romance *Lamiel*, cuja heroína desfalece à leitura dos "romances hipócritas de Madame de Genlis": "A menina leu em voz alta *Les veillées du château* de Madame de Genlis e, na sequência, os romances mais moralistas daquela célebre comediante. Mais tarde, a duquesa achou que Lamiel já estava em condições de entender o

Dictionnaire des Étiquettes, a obra mais profunda do século". Felizmente, um médico precavido propôs a Lamiel outras leituras, o que sem demora lhe permitiu perder sua "extrema palidez" e restabelecer-se... Esses comentários violentamente irônicos rapidamente desaparecem: Madame de Genlis morre em dezembro de 1830 (poucos meses depois que seu ex-aluno se tornou rei da França) e logo seu nome é condenado ao purgatório. Quando George Sand o evoca elogiosamente em 1854 na *Histoire de ma vie* (capítulo 16 da segunda parte) para contar a impressão decisiva que teve de Madame de Genlis em suas leituras de infância, ela evoca "aquela boa senhora de quem nos esquecemos completamente e que tinha um real talento": "Que importância têm hoje seus preconceitos, sua meia moral amiúde falsa e seu caráter pessoal?" Cada um tem suas razões para não esquecer Madame de Genlis, dentre as quais a preocupação de se opor ao esquecimento geral. Lê-la converte-se então em um prazer de esteta, tão mais precioso por não ser tão comum: Roland Barthes não surpreende quando diz lê-la, em *Roland Barthes par Roland Barthes* (1975), para nutrir um gosto proustiano a respeito de "nomes da antiga nobreza"?

Esse longo purgatório chegou há pouco a seu fim. Já se foi o tempo em que, à maneira de

Sainte-Beuve, se pretendia salvar da imensa obra de Madame de Genlis tão somente a novela *Mademoiselle de Clermont*, a justo título reconhecida como uma obra-prima da literatura sentimental (a admiração de Sainte-Beuve por essa novela era tal que o levou, aliás, a escrever um pastiche dela, *Madame de Pontivy*). O interesse crescente que, desde a década de 1990, se manifesta em favor de Madame de Genlis lança luz sobre a produção da autora em diferentes aspectos: a literatura juvenil – Marie-Emmanuelle Plagnol-Diéval examina suas peças pedagógicas em *Madame de Genlis et le théâtre d'éducation au XVIII siècle* (Madame de Genlis e o teatro educativo no século XVIII), Voltaire Foundation, 1997 –; a literatura autobiográfica – Damien Zanone dá lugar de destaque às *Mémoires* de Madame de Genlis em *Écrire son temps: Les mémoires en France de 1815 à 1848* (Escrever seu tempo: As memórias na França de 1815 a 1848), Presses Universitaires de Lyon, 2006 –; a literatura feminina – Martine Reid reeditou a novela *La femme auteur* pela editora Folio em 2007[8] e estudou, em *Des femmes en littérature* (Mulheres na literatura), Belin, 2010, o ensaio publicado por Madame de Genlis em 1811, *De l'influence des femmes sur la littérature fran-*

8 Edição que serviu de base para a presente tradução (N. do T.).

çaise, comme protectrices des lettres et comme auteurs, ou Précis de l'histoire des femmes françaises les plus célèbres (Da influência das mulheres na literatura francesa, como protetoras das artes e como escritoras, ou Compêndio da história das mulheres francesas mais célebres). A "Réflexion préliminaire sur les femmes" ("Reflexão preliminar sobre as mulheres"), que abre o ensaio de 1811, é retomada na íntegra no final do sexto tomo das *Mémoires*, fato que indica o quanto a autora prezava aquelas páginas.[9]

De fato, são páginas estupendas que merecem ser impressas nesses dois contextos: defesa da mulher escritora, elas são também um retrato da própria autora. Madame de Genlis, após ter notado o pouco espaço dado às mulheres que escreviam no florilégio de obras coligido para estabelecer a literatura do passado, recusa-se a "concluir [de tal fato] que a constituição das mulheres seja inferior à dos homens". A asserção é admiravelmente sustentada por argumentos que praticamente não recorrem às diferenças "naturais", mas que constatam fatos sociais (como a falta de acesso à educação ou de direito à crítica) apresentados como remediáveis. Madame

9 Madame de GENLIS. *Mémoires inédits sur le dix-huitième siècle et la Révolution française, de 1756 à nos jours* (Memórias inéditas sobre o século XVIII e a Revolução francesa, de 1756 aos dias de hoje). Vol. VI, Paris: Ladvocat, 1825. p. 340-367.

de Genlis bate-se contra os "juízos universalmente aceitos sobre as mulheres", "contraditórios ou vazios de sentido", propalados pelos homens que "definem os níveis na literatura, posto que são eles que concedem as honrarias e distribuem os lugares, distinções de que são excluídas todas as mulheres". Apossando-se desse poder, ela lança um olhar a priori favorável às obras escritas por mulheres, às quais manifesta solidariedade ao realçar "que houve uma profusão de mulheres escritoras de todos os gêneros e em todas as classes".

LEMOINE, Marie-Victoire. ABILLE-GUIARD, Adélaïde.
Portrait de Madame de Genlis. 1781.[10]

10 Disponível em: https://commons.wikimedia.org/wiki/ File: Marie_Victoire_Lemoine__Portrait_of_Madame_Genlis_281 N10007_4FD4Q.jpg. Acesso em: 12 de abril de 2020.

A mulher escritora

Madame de Genlis

Há duas maneiras de dar bons conselhos: uma, dizendo: "Faça o que fiz, deu certo para mim"; outra, ao contrário, dizendo: "Não faça o que fiz, reconheço que me precipitei". No primeiro caso, fala-se com autoridade, é a sensatez que comanda. No segundo, é o arrependimento que humildemente admite seu erro, e é útil, pois o ensinamento é igualmente outorgado pela experiência...

Dorothée e Natalie, duas irmãs órfãs desde a tenra infância, foram criadas em um convento em Paris. Desenvolveram uma pela outra uma ternura que se acentuou com os anos e foi o encanto de suas adolescências.

Dorothée, quatro anos mais velha que a irmã, foi a primeira a casar-se. Tinha vinte anos. Recusando separar-se de Natalie, levou-a consigo. Seis meses depois, Natalie casou-se com um velho militar, parente de seu cunhado.

As duas irmãs assemelhavam-se na graça e nos atributos do coração e da razão. Quanto a suas personalidades, entretanto, tal conformidade não se repetia. À grandeza e à força de espírito, Dorothée acrescentava, em seu temperamento, uma enorme sensatez, e tal fusão sempre produz atitudes perfeitas. Ela tinha todas as qualidades úteis que a circunspecção dá a uma pessoa espirituosa, e a nobreza de seus sentimentos a preservava de temores pusilânimes. Incapaz de um ato covarde ou inconsequente, também sabia, quando necessário, corajosamente tomar uma decisão arriscada, mas nunca, não fora por dever ou afeição, se expunha ao menor perigo: a intrepidez não lhe era senão grandeza, heroísmo, jamais uma loucura. Ela sempre pôs sua inteligência a serviço de seus verdadeiros interesses, pois entendia que ao fazê-lo contribuía para a felicidade daqueles que amava. Todas as dádivas da natureza foram-lhe úteis: a sensibilidade lhe fez ser leal a seus compromissos e generosa em suas ações, a lucidez a preservou das ardilezas da falsidade, a imaginação lhe deu discernimento. Dorothée desfrutou todos os favores da fortuna e soube, na adversidade, conseguir grandes recursos.

Natalie, a despeito de sua argúcia e grandeza de espírito, era muito inferior à irmã. Tinha a sensibilidade e a versatilidade de organização que, conquanto originem talentos diversos, trazem prejuízo ao caráter; uma extrema curiosidade e facilidade para aprender, o que a tornava capaz de entregar-se a rigorosos estudos; e o gosto apaixonado pelas artes, que lhe fazia amar todos os divertimentos frívolos. A variedade de suas ocupações dava à sua conduta a aparência e os resultados da inconstância. Ela quis aprender tal número de coisas e cultivar tantos talentos que em tempo algum teve a possibilidade de refletir e trabalhar sobre si mesma. Para poupar-se do esforço de corrigir seus defeitos, persuadiu-se de que poderia compensá-los exaltando suas virtudes. Com isso, não logrou senão degradar suas boas qualidades pelo excesso que as faz degenerarem ou que as torna perigosas. Levou além do limite o desprendimento e ao engodo a generosidade. Sua bondade tornou-se fraqueza; sua coragem, destemor; sua franqueza, imprudência; e sua boa-fé, uma credulidade ridícula. Uma sensibilidade excessiva tornou-lhe inúteis a fineza e a lucidez de espírito. Jamais conheceu bem as pessoas que amou, tendo feito da afeição que por ela tinham a ideia a mais romanesca e exagerada. Enfim, Natalie, por sua naturalidade e alegria, agradava àqueles que com ela habitualmente conviviam, mas, não sabendo conter-se nem demonstrar sua mágoa de modo afável, amiúde chocava com expressões insensatas aqueles com quem se deparava. Debochada com as pessoas ridículas, alheia e muda com os tolos, adquiriu numerosos inimigos. Não sofreu este infortúnio em seus primeiros anos de vida, era tímida e reservada, e dela não se conheceram, a princípio, senão um aspecto agradável e brilhantes talentos. Não era faceira. Não tinha desejo nenhum de mostrar agudeza de espírito, pois examinava com tal curiosidade tudo o que a rodeava, livrava-se com tal prazer aos diferentes divertimentos sociais, achava o baile tão alegre, a comédia tão interessante, a ópera tão bela, e admirava de tal modo o esplendor e a pompa das festas da corte que se esquecia por completo de si mesma. Julgaram-na favoravelmente, foi acolhida pela alta roda, solicitada, querida na família, e esse tempo foi o mais feliz de sua vida. Não obstante o gosto que mostrava pela abstração, tinha uma predileção ainda maior pela leitura e pelos afazeres sedentários. Escrevia desde a infância e, aos vinte anos, já tinha composto comédias, obras moralizantes e romances, mas guardava-os para si. Somente Dorothée estava a par desses escritos. De repente, trancando-se em casa, Natalie cessou quase por completo de fazer visitas e aparecer em sociedade. Seus parentes e amigos queixaram-se e Dorothée pediu-lhe explicações a esse respeito. Quando lhe perguntava por que se tinha tão subitamente desgostado do convívio social, Natalie lhe respondia:

— Não é desgosto, divirto-me sempre em sociedade quando ali me encontro, mas distraio-me mais ainda em meu escritório: escrever, para mim, é uma deliciosa ocupação.

— Cuidado, Natalie, para não se entregar cegamente a essa paixão...

— E por quê? Há outra mais doce, mais inocente e mais fácil de satisfazer? Tenho apenas vinte anos, mas já refleti o suficiente para conhecer e para sentir com horror o quanto tudo que nos une é frágil. Ocupamos tão pouco espaço, há tantos obstáculos nas vias que percorremos, e a morte pode deter-nos no começo de nossa corrida!... Ah! Quero deixar aos amigos lembranças duradouras, quero deixar-lhes a melhor parte de mim mesma, minhas opiniões, meus sentimentos, minha mente e minha alma. Tudo o que fazemos ao longo do dia é efêmero, é levado pelo tempo, para sempre tragado na eternidade... Da cantiga que eu entoei, da sonata que toquei à harpa, nada resta, esses prazeres que não deixam traço algum muito se assemelham a ilusões, e eu preciso de outros.

— Espero, Natalie querida, que você nunca tenha a tentação de imprimir os seus escritos!

— Posso-lhe garantir, com absoluta certeza, que não tenho nem a intenção nem o desejo de fazê-lo.

— Melhor assim.

— Acerca disso, sinto uma repugnância que creio insuperável. Mas, longe de ser racional, parece-me que tal aversão se firma apenas na minha natural timidez e em preconceitos.

— Pensando melhor, você verá que esse providencial instinto está perfeitamente de acordo com a razão.

— Por quê? Se adiante me tornasse capaz de compor obras úteis à juventude, à religião e aos bons costumes, não seria um dever torná-las públicas?

— Se você, por um insólito interesse, tivesse elaborado um aprofundado estudo sobre a arte militar, se tivesse a coragem e o gênio de Turenne,[1] ver-se-ia obrigada a *travestir-se* de homem a fim de alistar-se entre os guerreiros?

— Entendo o que diz: você acha que uma mulher, ao tornar-se escritora, igualmente *se traveste* e *se alista* entre homens.

1 Henri de la Tour d'Auvergne (1611-1675), Visconde de Turenne, Marechal de França e grande estrategista (N. do T.).

— Sim, homens que também lutam, que conferem um preço infinito à vitória e que nunca permitirão que um *intruso* ouse disputar os louros que eles querem colher. Qual é o atrativo capital de uma mulher, qual é sua qualidade característica? A modéstia. Seja qual for a pureza de sua conduta e de seus sentimentos, é ela ainda a honra e o modelo de seu sexo quando brada a todo o universo: "Escutem-me!"? Pense que em um pequeno salão você censuraria a mulher que falasse muito alto, que tivesse um tom de voz estridente ou tão somente modos muito decididos. Você espera que um leve ar de timidez seja, em qualquer idade, irradiado sobre toda a pessoa e que modere todos seus movimentos, suavize o ímpeto de sua alegria e até mesmo reprima a expressão de sua sensibilidade, você espera que ela se apresente apenas com o semblante de quem teme mostrar-se, e que, quando a olharem fixamente, enrubesça ou ao menos abaixe os olhos. Como conciliar todo esse mistério de delicadeza e graça, esse fascinante charme de uma doçura encantadora e de um enternecedor pudor, com pretensões ambiciosas e com a estrondosa profissão de escritor?

— Deve-se entrever orgulho e ambição no simples desejo de oferecer algumas ideias úteis?

— Publicar um livro não é dizer (quando menos): "Acho-o bom, creio que meus pensamentos são dignos de circular no universo inteiro e de passar à posteridade"? Eis o que ingenuamente nos disseram em milhões de prefácios, e mesmo se o bom gosto impede que se exprimam assim, o público não deixa, não obstante, de conhecer a opinião do autor quanto à sua obra.

— Garanto-lhe, contudo, que caso me fizesse editar, não teria absolutamente de minhas obras tal juízo.

— Que diferença isso faria? Imputá-lo-iam a você, teriam o direito de fazê-lo. Perdoa-se aos homens a presunção, mas como tolerá-la em uma mulher?

— Deve-se então concluir que ser mulher é uma desgraça?

— Você acha?

— Oh, não...

O céu por mim escolheu o que eu escolheria.[2]

Quando penso nos dissabores e nos perigos da guerra, nas profundezas da política, nas con-

---

2 "Le ciel a fait pour moi le choix que j'aurais fait": réplica de D'Arviane em *Mélanide* (ato IV, cena 5), comédia de Pierre-Claude Nivelle de La Chaussée lançada em 1741. Ressalte-se que Melanide é o nome de uma das personagens de *A mulher escritora* (N. do T.).

trariedades dos negócios, bendigo a Providência que nos criou tão somente para sermos o consolo ou a recompensa destas terríveis agitações e destes grandes trabalhos.

— Penso como você. A condição das mulheres é, tal como as demais, afortunada quando temos as virtudes que ela pede; desditosa, porém, quando nos livramos às paixões violentas, ao amor que nos desencaminha, à ambição que nos torna encrenqueiras, ao orgulho que nos corrompe e nos desnaturaliza. O homem que quisesse ser uma mulher seria um covarde, a mulher que quisesse tornar-se um homem já não mais seria uma mulher.

— Sim, não temos de nos queixar, nosso destino é ter uma vida plácida, nossos deveres são tão aprazíveis!

— Então nunca imprima suas obras, minha querida Natalie. Se virasse escritora, você perderia o sossego e tudo o que colhe de seu temperamento amável. Ter-se-ia a seu respeito a mais falsa ideia, em vão teria você sido a boa e simples Natalie, seus amigos não mais teriam a seu lado a liberdade e a entrega que nascem da igualdade. Aqueles que não frequentam seu círculo considerá-la-iam pedante, orgulhosa, soberba, devorada pela ambição e no mínimo o diriam por aí, e todos os tolos para os quais a lucidez é sempre um defeito repetiriam tais discursos com prazer e credulidade! Você perderia a benevolência das mulheres e o apoio dos homens, você deixaria sua classe sem ser admitida na deles. Eles nunca adotarão uma mulher escritora de igual valor, terão mais inveja dela do que de um homem. Guardemos entre eles e nós os laços potentes e necessários formados pela força generosa e pela fraqueza agradecida: qual seria nosso recurso se nossos protetores se tornassem nossos rivais? Eles nunca nos permitirão igualá-los, nem na ciência, nem na literatura, pois, com a educação que recebemos, nós suplantá-los-íamos. Deixemos-lhes a glória que lhes custa tão caro, que a maior parte dentre eles só conquista à custa do próprio sangue. A glória, para nós, é a felicidade: esposas e mães felizes, eis as verdadeiras heroínas.

Esta conversa reforçou em Natalie a sábia resolução de nunca publicar suas obras, sem que, todavia, nada perdesse de seu entusiasmo pelo estudo e de seu gosto pela escrita.

Quando se satisfaz a uma verdadeira paixão, pode-se facilmente abster-se de notoriedade. Natalie ainda não conhecia os inconvenientes da fama, mas ela não a desejava, cultivava seus talentos por divertimento, sem jamais ter pensado em empregá-los como um meio de brilhar. Nas conversas, animava-se se lhe despertavam o interesse, sem ter, contudo, o propósito de mostrar-se espirituosa. Era amável com aqueles que lhe agradavam, indiferente com os demais e escrevia – como conversava e tocava harpa – unicamente por prazer. Fazia tudo por gosto, sob nenhum pretexto ou intenção.

Natalie mal completara vinte e dois anos quando perdeu seu marido. Passou os seis primeiros meses de sua viuvez no campo. Negócios a chamaram a Paris. Findo seu luto, reapareceu em sociedade: mostrar-se jovem, bela e viúva era quase um recomeço. Os homens que não eram casados faziam-lhe galanteios menos reservados e tinham a seu respeito pretensões diferentes. Ela própria tinha outro tom, menos tímido, mais natural, e modos mais francos.

Natalie deparou-se nessas rodas com um homem que pouco conhecia, mas que sempre encontrara de bom grado. Chamava-se Germeuil. Tinha um porte sedutor e era citado como o homem da corte que acrescia aos modos mais agradáveis o melhor tom. Isso era, à época, um verdadeiro elogio, não se podia merecê-lo se não se tivesse muita fineza, delicadeza e bom gosto. Germeuil gozava de conhecida afeição, cuja intensidade e duração, aliás, só aumentavam o interesse que despertavam seu caráter, sua leveza de espírito e sua pessoa. Há quatro anos amava perdidamente a condessa de Nangis, uma das mais belas mulheres da corte, de um comportamento tão perfeito que se assentia unanimemente que a constância de Germeuil se devia à certeza de ser amado por ela, mas, conquanto se fizesse com isso justiça a madame de Nangis, havia a convicção de que ela terminaria por ceder a um sentimento que não podia nem vencer nem dissimular.

Natalie foi passar alguns dias na casa de uma de suas amigas, no campo. Lá encontrou Germeuil, que partiria no dia seguinte. À noite, ele sentou-se à mesa ao lado dela. Natalie, naturalmente reservada perante rapazes da idade de Germeuil, não sentia ao lado dele nenhuma espécie de embaraço. A afeição que ele devotava à madame de Nangis não permitia a nenhuma outra mulher atribuir-lhe pretensões que devem causar sempre algum tipo de constrangimento àquela que as faz nascer, ainda que não lhe desagradem.

Natalie, sempre amável quando completamente à vontade, o foi ainda mais naquela noite. Germeuil a contemplava e escutava com admiração. Não compreendia como, tendo-a encontrado várias vezes, não tivera antes a mesma impressão. Germeuil amava música profundamente e cantava satisfatoriamente. Revelou um vivo desejo de ouvir Natalie, cuja harpa, no entanto, não estava montada. Natalie solicitou a Germeuil que permanecesse ali por mais dois dias, e ele aquiesceu. Tocaram muita música, fizeram longas caminhadas, e nunca Natalie se afigurou tão alegre, tão brilhante quanto nesses dias. Dentre as mulheres que compunham aquele grupo, Melanide era a menos amável e uma das que mais se sobressaíam pela índole, mas ninguém até então levara mais longe o arroubo e a cegueira do amor-próprio, o que motiva erros de compostura e produz situações ridículas das mais visíveis. Com porte e traços viris, Melanide não tinha motivos para achar-se bonita, mas tinha certeza de que o era e, convicta disso, tinha todo o apuro de adornos e todas as *feições* de uma mulher sedutora que se ocupa unicamente de sua aparência. Havia em sua pessoa e em seus modos algo de tão afetado, de tão esquisito, que tão logo ela surgia todos os olhos nela se fixavam, e, tomando então o espanto e a curiosidade por admiração, ela dizia baixinho a si mesma: "Nenhuma mulher produz este efeito", e esta cômica ilusão de seu orgulho era perfeitamente expressa pela *máscula confiança* de sua presença, por seu ar intrépido e conquistador. Ela ignorava o fato de que os homens que mais gostam de mulheres nunca olham fixamente aquelas que são jovens, bonitas e modestas. O galanteio, neste aspecto, parece-se com o amor, teme ferir e profanar seu objeto, não ousa contemplá-lo senão furtivamente, e é assim que, admirando a beleza, presta homenagem ao pudor. Melanide era uma mulher de espírito, mas de um espírito absolutamente desprovido de graça, e o desejo contínuo e ardente de brilhar tornava-o amiúde falso. Pensando apenas em si, tudo arrogando a si, direta e indiretamente falando apenas de si, ela não sabia nem escutar nem responder. Quando não viam claramente sua vaidade, sentiam-na, e isso chocava e importunava sempre. Os amigos de Melanide dela faziam, sem querer, a mais mordaz crítica, reservadamente diziam que se expressava mal, que era desprovida dos encantos da naturalidade, da singeleza e da alegria, mas asseguravam que ela tinha, na conversação, *força* e *eloquência*. Essa singular admiração assemelhava-se mais a um epigrama do que a um elogio. Pode-se ser talvez *eloquente* diante daquele que se ama, mas, na conversação, é preciso possuir não os talentos de um orador, mas graça e naturalidade. Em um círculo mais íntimo, uma conversa agradável é sempre um diálogo vivo e preciso, o costume dela exclui as *longas frases*, e, por consequência, a *eloquência*. Nada deve ser aprofundado, a variedade e a leveza são seu charme, e a *força*, ali, seria deslocada e pareceria tão somente um fardo.

O homem mais refinado e brilhante dessa roda não podia deixar de atrair a atenção de uma mulher cujos movimentos eram dirigidos pela vaidade. Sendo assim, Germeuil terminou por causar a mais viva impressão em Melanide, que, a par de sua paixão pela condessa de Nangis, julgou glorioso triunfar de tal afeto. Jovem, viúva e detentora de uma grande fortuna, ela concebeu o projeto de fazer de Germeuil um homem infiel, ideia de cujo sucesso nem por um instante duvidou. Germeuil, desde que se apaixonara perdidamente por madame de Nangis, nunca suspeitou que alguma mulher pudesse alentar o desejo de seduzi-lo. Poderia, por conseguinte, imaginar que a mulher mais desprovida de atrativos físicos secretamente alimentava a esperança de superar a mais bonita e charmosa pessoa da corte? Deste modo, não viu em seu assédio ou faceirice senão coquetismo – ao qual respondeu com a polidez de costume – e, por ter o talento de achar o tom que convinha a cada um de seus interlocutores, conversou, argumentou e aborreceu-se com ela. Após as demonstrações de *eloquência* com Melanide, escarnecia com Natalie de tudo o que havia dito de *mais bonito e profundo*.

No dia de sua partida, Germeuil encontrou Natalie sozinha no jardim e sentou-se ao lado dela. Pôs-se a olhá-la atenta e silenciosamente. Natalie principiou a rir e disse-lhe:

— Você me assusta ao examinar-me assim! Que tenho eu de extraordinário?

— Tudo.

— Seria preciso ser muito presunçosa para achar essa resposta lisonjeira...

— Não posso, entretanto, retratar-me, disse Germeuil sorrindo. Asseguro-lhe, continuou com um tom mais sério, que desde que comecei a examiná-la, há dois dias, você me causa um fascínio inexprimível. Você me permitiu falar-lhe sem pompa ou rodeio...

— Sim, a confiança que você me inspira dispensa essas formalidades.

— Como essa fala é comovente em sua boca!

— Ao menos ela é sincera.

Ao ouvir essas palavras, Germeuil, enternecido com a resposta, tomou as mãos de Natalie entre as suas, em expressão de respeito e reconhecimento. Após um momento de silêncio, ele retomou sua fala:

— Sim, você é uma mulher inexplicável... Qual! Nem a mínima nota de coquetismo, nem o mais leve desejo de mostrar-se uma mulher de espírito ou de brilhar por seus talentos! Se isso for modéstia, ela é perfeita; se for arte, é sublime.

— Nada disso, respondeu Natalie sorrindo, o que parece surpreendê-lo em mim não é resultado nem de cálculo nem de esforço, mas o efeito natural de várias observações muito fáceis de fazer: como poderia orgulhar-me de talentos tão frívolos, igualados ou superados por tantos artistas de profissão? Vi que se pode ao cantar ou tocar harpa fazer virar a cabeça tão somente dos tolos, vi que a mais bela feição do mundo não é capaz de impedir alguém de ser maçante em excesso, vi enfim que se pode, com um espírito superior, ser insuportável ou ridículo, e disse-me a mim mesma: "Não disporei meu amor-próprio nessas coisas". Ambiciono conquistas mais doces e duráveis, que procedem apenas da graça do caráter e da sensibilidade da alma. Quero cativar apenas pelos meios que fazem amar. Não quero que digam: "Natalie é charmosa e sedutora", mas que afirmem: "Natalie é simples e boa".

— Mas, e se dissessem: "Natalie é sedutora sem querer sê-lo"?

— Não, mesmo com essa retificação tal expressão ainda me desagrada.

— Você é difícil, tem o direito de sê-lo.

— É que o coração é mais delicado do que a alma.

O aparecimento de um terceiro interrompeu a conversa. Germeuil partiu. Ao deixar Natalie, confidenciou a si mesmo: "Adoraria essa mulher se meu coração não tivesse sido arrebatado por outra". Eis o que Germeuil – sem escrúpulo, mas talvez não sem emoção – se confessava. Uma mulher que, em seu lugar, igualmente amasse alguém nunca teria feito suposição semelhante.

De volta a Paris, Germeuil procurou informações acerca de Natalie junto a várias pessoas de seu círculo íntimo. "Qual!", exclamou ele, "ela não tem amante, ela nunca amou!" Esta evidência tornava-lhe ainda mais agradável a lembrança das conversas que tivera com ela. Entretanto, adorava a condessa de Nangis. Que lhe importavam os sentimentos de Natalie? É sobretudo no amor que o coração dos homens é inexplicável.

Natalie, após a partida de Germeuil, não teve mais distrações no campo. Assegurando que um caso urgente a chamava, seguiu para Paris. Tão logo chegou, lembrou-se de que Germeuil tinha um suntuoso salão com quadros e, querendo conhecê-lo, dirigiu-se até lá numa manhã na companhia de pessoas de seu grupo. Germeuil, advertido da visita, devia estar em casa para recebê-la, mas um bilhete de sua lavra preveniu Natalie de que, chamado a Versalhes pelo ministro da Guerra, fora forçado a partir de imediato. O bilhete, que expressava com graça e sentimento um lamento sincero, foi lido mais de uma vez. A ordem, no entanto, era de que a casa fosse aberta, e os quadros, exibidos. Natalie entrou, atravessou tristemente os aposentos, examinou tudo com interesse e curiosidade. Aprendia, assim, a conhecer o gosto de Germeuil em uma infinidade de coisas. Nunca observara nada com tanta atenção: por exemplo, notou que todas as tapeçarias e todos os móveis da casa eram verdes, e lembrou-se de que a libré do pai da condessa de Nangis também era dessa cor. Admirou, aliás, a elegância da casa, nunca tinha visto algo de tão bom gosto. Enquanto as pessoas que a acompanhavam ainda examinavam os quadros, ela, sozinha, passou para a sala de estudos de Germeuil, e ali viu uma escrivaninha, livros, um piano. Aproximou-se do instrumento e pegou uma partitura posta sobre a mesa. Era uma cantiga escrita à mão por Germeuil, pois Natalie reconheceu nela a escrita do bilhete que acabara de receber. Leu com avidez os versos seguintes:

Quem? Eu! A afligir tua vida,
Antes se extinga meu amor!

Que rompas tu com destemor
Que nos ata a algema querida,
Caso tua felicidade
Deixe num átimo, excluída,
De ser minha prioridade.

Dizes tu a ordem terrível
Que de ti me deve exilar?
Ah! Podes sem medo falar,
Desacatar-te é-me impossível.
Ai! Se me quiseres banir,
Diz-me que serás impassível,
E logo vou de ti fugir.

Renunciando à complacência,
Dando-me à tua mansidão,
Hei de achar em minha aflição
Intrepidez e persistência.
Não chorarás o meu azar,
E durante esta longa ausência,
Não terás tu nenhum pesar?

Se parto, a fim de não te expor
Todos meus vivos sofrimentos,
Esconder-te-ei meus lamentos.
Se parto, far-me-á o amor
Temer que teu dó se amplifique,
Mas não lastimes minha dor,
Voto-me a ti e vou a pique!

Natalie, tocada por essa leitura, repôs suspirando a romança no atril e, pegando outra folha de pauta musical, viu que era o rascunho da mesma romança escrito igualmente à mão por Germeuil.

Não podendo resistir à tentação de apoderar-se da cantiga, deixou ao piano a segunda cópia e pôs no bolso o rascunho. Ao sair, voltou para casa a fim de reler os versos: concluiu que haviam sido feitos para madame de Nangis e, ao mesmo tempo, entendeu que os dois amantes estavam em sintonia... Natalie compadeceu-se de madame de Nangis: "Desafortunada", disse ela, "arruinada pelo coração, vai perder o sossego e a reputação. No entanto, que sedução a circunda! Que deleite ser assim amada, e pelo homem mais adorável que existe!" Após essas reflexões, Natalie pôs-se à harpa e cantou a romança até saber de cor a melodia, a partitura e a letra. As pessoas intensas e vivamente sensíveis não se deixam enganar por muito tempo quanto àquilo que sentem, e tampouco embalar, posto que têm uma imaginação que rapidamente as transporta para longe, por sentimentos imprecisos ou abstratos. Natalie não se iludiu acerca dos seus. Admitiu que amava Germeuil, sem, todavia, afligir-se por isso: "Esse sentimento", disse ela, "desprovido de esperança, nunca será violento a ponto de perturbar meu sossego. Não será, para mim, senão um recurso contra uma grande paixão. Conservarei minha liberdade, não me casarei nunca novamente, serei sempre independente e, por conseguinte, mais feliz. Não somente não tenho o projeto insensato de conquistar o coração de Germeuil, como também sinto que cessaria de amá-lo se ele cometesse a barbaridade de trair aquela que cativou com tanto esforço e que resistiu por tanto tempo a seu amor". Natalie não sabia que, para os temperamentos perseverantes, nada é mais perigoso do que uma paixão infeliz, pois esta é inesgotável. À noite, uma de suas amigas veio vê-la e convidou-a a jantar no dia seguinte, em Passy, dizendo-lhe que haveria música e que Germeuil e madame de Nangis lá estariam. Natalie aceitou.

Natalie teve uma noite muito agitada. A expectativa de ver juntos Germeuil e aquela que ele adorava era, para ela, um acontecimento que deveria inaugurar uma nova época em sua vida. Ao levantar-se, Natalie, contra seu costume, pensou nos trajes que usaria, pois sabia que madame de Nangis se ocupava com esmero dos dela. Decidiu-se por um arranjo de ramos de folhas nos cabelos e pôs um vestido verde. "É a cor da libré de minha rival, mas é, outrossim, a cor que Germeuil prefere!" Natalie chegou a Passy com certo atraso, a música já soava. Ela tocou uma peça. Notaram-na tremer. Germeuil, contudo, aplaudiu-a com entusiasmo, o que a fez tremer ainda mais... Tomaram sua emoção por timidez (equívoco corrente em seu meio) e atribuíram à modéstia o efeito de uma viva sensibilidade: exaltavam-na, mas deveriam tê-la deplorado. Instaram igualmente madame de Nangis a que tocasse ao piano, e ela anunciou que tocaria uma romança nova. Enrubescendo, olhou para Germeuil. Natalie suspirou. Adivinhou facilmente que a romança era aquela cujo rascunho possuía... Madame de Nangis, tendo-a recebido na noite anterior, queria proporcionar a Germeuil uma agradável surpresa, mostrando-lhe que havia empregado todo seu tempo aprendendo-a de cor, mas não previu que seu enternecimento a trairia. Cantava na presença de um espectador apavorante e astuto (um marido ciumento). O conde de Nangis notou sua aflição. Ao atentar na letra, sua desconfiança acentuou-se. Tendo cantado o primeiro par de versos com voz hesitante, madame de Nangis atrapalhou-se ainda mais no segundo e, olhando furtiva e timidamente para o conde de Nangis, ficou tão apavorada com a alteração de sua expressão que perdeu completamente o controle. Sua voz extinguiu-se e ela paralisou... O conde de Nangis, não se contendo mais, aproximou-se dela e fixou-a com olhos em que figurava a fúria: "Estou curioso", disse em tom irônico e com voz entrecortada, "por saber quem é o autor dessa romança". A essas palavras, Natalie, que tudo observara e compreendera, deu uma gargalhada e exclamou: "Pois bem, meu senhor. Sou eu!" Com essa resposta, Germeuil estremece, as pessoas admiram-se, e Natalie, com a mesma naturalidade e animação, conta rapidamente que tinha, dois dias antes, cantado essa romança a Lémann (um músico) e, ao saber, por ele, do gosto de madame de Nangis pelas romanças, incumbiu-o de oferecer-lha em seu nome, pedindo-lhe, porém, que guardasse segredo. "Assim sendo, senhora", disse o conde a Natalie, "posto que a falta de memória de madame de Nangis nos privou do prazer de ouvir sua romança, esperamos que a senhora possa tocá-la no lugar dela". Essa proposta fez atordoarem-se Germeuil e madame de Nangis, que ignoravam o quão pouco embaraçoso era tal pedido para Natalie. Qual foi a surpresa quando, levantando-se para pegar a harpa, Natalie aquiesceu ao pedido, sob condição, acrescentou, de que julgassem o autor somente quando madame de Nangis soubesse a romança e a cantasse, pois a peça só teria algum valor em sua boca. Dizendo essas palavras, Natalie pôs-se à harpa, motivada e arrebatada pelo duplo desejo de surpreender e de sobrepujar sua rival e pelo prazer de fazer, ao mesmo tempo, uma ação beneficente e uma maldade. Não é preciso tanto para alçar uma mulher acima dela mesma e torná-la sedutora. Natalie superou-se. Cantou com tal expressão que todos se enterneceram. O conde de Nangis, perfeitamente dissuadido, aplaudiu vivamente, mas nada pode dar ideia da perplexidade que sentiram madame de Nangis e Germeuil. Madame de Nangis, não obstante o serviço que lhe vinha de prestar Natalie, não podia livrar-se de uma enciumada inquietude, pensando que talvez Germeuil lhe tivesse passado a romança. Quanto a Germeuil, ele só tinha olhos para Natalie: o excesso de admiração fazia-lhe esquecer até a surpresa. Livrava-se com prazer ao reconhecimento mais apaixonado e, se pudesse, teria se jogado aos pés dela.

No final de sua apresentação, Natalie graciosamente recebeu os elogios que lhe deram pela autoria da romança. "Não posso ter", disse ela, "acerca dessa peça a modéstia esperada, pois confesso gostar de tal modo dela que passei o dia inteiro de ontem a cantá-la". O salão em que estavam dava para um terraço que conduzia a um pequeno bosque, e a noite era tão bela que, aguardando o jantar, passaram todos para o jardim. Natalie tomou madame de Nangis pelo braço e levou-a ao bosque. Lá, sem nenhum preâmbulo, contou-lhe como furtara o rascunho da romança. Disse-lhe também que bem cedo no dia seguinte veria Lémann, o músico que havia citado na história que acabara de inventar, que tinha confiança nele e que, a fim de que não desmentisse o que ela havia afirmado, o deixaria prevenido. Tranquilizada por essa explicação, madame de Nangis abraçou ternamente Natalie, que, vivamente emocionada, a cerrou em seus braços. Comoveram-se ambas. Natalie sentiu o quanto madame de Nangis se embaraçava ao ver seu segredo mais íntimo descoberto por uma pessoa que conhecia tão pouco. Houve um momento de silêncio. Então Natalie, retomando a palavra, mudou de assunto e, saindo do bosque, foi com madame de Nangis juntar-se ao resto dos convidados. Puseram-se à mesa. Germeuil sentou-se ao lado de Natalie, dela recebendo a explicação que acabara de dar a madame de Nangis. Germeuil ficou profundamente tocado. Não podendo ou não ousando expressar tudo o que sentia, ele permaneceu em silêncio ou proferiu somente monossílabos durante todo o jantar. Natalie não teve a dor pungente de ver, naquela noite, os olhos daquele que amava virarem-se para sua rival com expressão de ternura. Germeuil não fitou uma única vez os olhos em madame de Nangis. Essa prudência pouco lhe custou, e o amor teria tido o direito de censurá-lo por isso. Natalie, contente consigo mesma e por Germeuil, foi mais amável do que nunca. Como lhe falavam da romança, elogiando-a, disse a Germeuil: "Eis elogios que, conquanto não me sejam devidos, recebo sem constrangimento. Honram-me de tal modo que sinto como se me pertencessem". Germeuil respondeu com um suspiro e um olhar. Depois do jantar, Natalie partiu cedo, pois queria levantar-se no dia seguinte ao nascer do Sol com o intuito de falar com o músico Lémann, que ela mandou buscar e que lhe prometeu confirmar a história que ela havia narrado na véspera. Às dez horas, Natalie recebeu uma carta da parte de Germeuil. Com emoção, abriu-a e leu o que segue:

> *"Não tendo conseguido, senhora, falar-lhe ontem, não conseguiria hoje resistir ao desejo de escrever-lhe. Mas que lhe direi eu? Devo agradecer-lhe? Não, a bondade não lhe é senão inspiração, um movimento ágil e sublime que, para ser despertado, não exige nenhum sentimento particular. O reconhecimento não lhe parece uma espécie de presunção? A senhora talvez dissesse: 'Teria prestado o mesmo serviço a outro'. Tem-se de admirá-la e calar-se. Peço-lhe a permissão para apresentar-me em sua casa? O que ganharia ao obtê-la? Se a senhora não for o motivo pelo qual ter-se-ia jurado consagrar a vida, a seu lado pode-se tão somente vivenciar sentimentos dolorosos e lamentos misteriosos... Parece-me que para falar-lhe existe uma língua somente, e apenas um modo de amá-la... Qual*

> *é, pois, minha finalidade ao escrever-lhe? Nenhuma... Não tenho sequer a expectativa de me comprazer, posto que lhe escrevo com dificuldade! De modo algum desejo que leia em meu coração, estou tão pouco de acordo comigo mesmo... Ouso, porém, pedir-lhe que pense que sou o homem que a conhece melhor neste mundo. Essa palavra exprime toda a singularidade de minha situação e todos os sentimentos que vivencio"*

Natalie poderia ter feito preciosas reflexões acerca da estranha carta de um homem que, havia poucos dias, estava perdidamente apaixonado por outra mulher, mas ela não viu nisso senão um doce triunfo para ela, o que só fazia aumentar sua estima por Germeuil. Estava claro que o coração dele oscilava entre ela e madame de Nangis e que, ao mesmo tempo, Germeuil estava decidido a não trair aquela que ele havia seduzido. Natalie achava a inconstância de Germeuil desculpável e tocante porque era ela sua causa, mas, caso tivesse pensado mais detidamente em madame de Nangis, ter-se-ia conturbado ante a imprudência das mulheres que tudo sacrificam ao amor. Ela escreveu a Germeuil um bilhete simples e sucinto, contendo apenas a expressão de uma amizade terna, e prometeu a si mesma justificar a admiração que ele lhe demonstrava, ou, melhor dizendo, esperou vê-la intensificar-se ainda mais. Natalie urdiu a ideia de deliberadamente evitá-lo, resolução que não lhe foi difícil cumprir, pois estava certa de que Germeuil pressentiria seus sentimentos e que tal conduta avivaria ainda mais a opinião que ele já tinha a respeito dela.

Fazia três meses que Natalie corajosamente se esquivava de Germeuil quando, numa noite, o viu chegar à casa em que ela jantava. Foi-lhe pedido que ficasse, ele aquiesceu. Natalie jogava uíste. Germeuil pôs-se atrás da cadeira na qual ela estava sentada e ali ficou. Natalie, então, viu-se na situação em que um observador menos hábil adentra segredos semelhantes àquele que ela queria esconder. Após ter conversado por alguns instantes com Germeuil, Natalie comportou-se de forma estupenda: não volveu a cabeça para vê-lo e demonstrou até mesmo um interesse redobrado pelo jogo, mas, sem que se desse conta, seu rosto, seu corpo e toda sua pessoa, cedendo ao poder de uma *atração* irresistível, inclinaram-se e penderam delicadamente para o lado dele. Seus olhos tornaram-se mais brilhantes; e seu tom, mais animado. Natalie pareceu mais gentil e mais amável com os estranhos: não ousando endereçar-se ao objeto que a inspirava, naturalmente recorria a todos os meios indiretos para cativá-lo. Esta é uma arte que sobretudo as mulheres devem conhecer, porquanto são quase sempre forçadas a dissimular o desejo e a intenção de agradar. Germeuil gostava de uíste. Natalie não se dispersou, pois queria ser elogiada por seu modo de jogar. Discorreu sobre várias cartadas com a gravidade de um jogador inveterado, asseverou amar *apaixonadamente* o uíste e disse que passaria a vida a jogá-lo. Nesse momento, ela falava com sinceridade.

Quem pode resistir às mulheres quando elas se apaixonam? Elas podem tudo, nada lhes custa. Com um interesse de sentimento, elas são capazes, se necessário for, de tornarem-se geômetras e matemáticas em poucos meses, mas o coquetismo jamais suscitará essas surpreendentes competências, sugerindo apenas artifícios que são tão desprezíveis e frívolos quanto seus motivos. Uma coquete, no lugar de Natalie, teria apelado a afetações e a negaças, ao passo que uma mulher apaixonada sabe sempre, mesmo nas pequenas coisas, dar testemunhos tocantes ou sólidos do sentimento que tem. Após o jantar, um homem vindo de Versalhes disse que o Sr. de Nangis, que integrava a comitiva real de caça, sofrera uma queda de cavalo e fora tão gravemente ferido a ponto de estarem todos desesperançados de que sobrevivesse. Ante esse relato, Germeuil mudou de expressão. Natalie, que olhava para ele, empalideceu e, sentindo que estava à beira de um mal-estar, apressou-se em sair da sala. Na antecâmara, pediu um copo d'água e caiu sobre uma cadeira. Naquele momento, Germeuil apareceu e aproximou-se dela com ar inquieto. Natalie tentou levantar-se e disse-lhe que esperava sua carruagem. Os criados, então, informaram-na novamente de que os cavalos tinham sido atrelados havia mais de uma hora... Germeuil deu-lhe o braço. Os dois tremiam. Permaneceram, ambos, em profundo silêncio... Ao aproximar-se do veículo, Natalie disse-lhe baixinho:

— Seja feliz, é tudo o que lhe desejo!

— Eu, respondeu vivamente Germeuil, *feliz*? Nunca!

Natalie entrou no carro e, ao fecharem a porta, teve a impressão de que se separava para sempre de Germeuil. Desmanchou-se em lágrimas. Foi então que conheceu todos os tormentos do ciúme. Que catástrofe para ela era a morte do conde de Nangis! "Não acredito! Verei, dizia ela, Germeuil unir-se à madame de Nangis por um laço sagrado! Não acredito! Esse sentimento tão puro, que me é tão caro, vai perder toda sua inocência! Pude renunciar a Germeuil, mas como renunciar a meu amor? Seu nome, que me era tão doce aos ouvidos, será o de minha rival! Sua libré, que não posso ver sem emoção, será a dela! Que mudança na sorte dela e na minha! Essa paixão, que para ela era tão somente uma fraqueza condenável, trar-lhe-á daqui em diante glória e felicidade. Quanto a mim, não poderei, sem que me sinta cometendo um crime, amar Germeuil!"

Natalie, entregue às suas tristes reflexões, só conseguiu ir deitar-se quando viu surgir o dia. Duas ou três horas depois chamou um de seus criados, que lhe entregou um bilhete de Germeuil. Ela o abriu apressadamente com as mãos trêmulas, e qual não foi sua alegria ao deparar-se com estas palavras:

> *"M. D**** estava mal informado: graças a Deus, o Sr. de Nangis está em perfeito estado. É verdade que ele sofreu uma queda de cavalo, mas os ferimentos que sofreu foram tão poucos que pôde comparecer ao* coucher du roi.[3] *Acreditei, senhora, dever essa informação à bondade perfeita que se interessa por tudo o que pode importar aos outros".*

A alegria de Natalie foi imensa, e ela teve a necessidade de partilhá-la com alguém. Esse mo-

---

3 O rei, após a prece dita pelo capelão diante de uma numerosa assistência, era despido pelo mestre do guarda-roupa – "le grand coucher". Na sequência, na presença exclusiva de seus familiares, terminava seus preparativos para dormir e dava as ordens para a manhã seguinte – "le petit coucher" (N. do T.).

vimento era nela sempre mais vivo e mais comunicativo do que os tocantes à tristeza ou ao sofrimento. Ela animou-se e, vestindo-se rapidamente, saiu às pressas, a fim de ir à casa de sua irmã, que veio a encontrar ainda na cama. Natalie lhe abriu o coração e contou fielmente tudo o que tinha acontecido entre ela e Germeuil. A sensata Dorothée escutou-a com perplexidade:

— O quê? Germeuil está apaixonado por você e isso acontece no exato momento em que, após ter resistido por cinco anos, madame de Nangis cede à paixão dele!

— Ele não está apaixonado por mim, ele leu meu coração, comoveu-se...

— O amor está muito claramente declarado em seu primeiro bilhete, e se você quisesse exigir que ele sacrificasse a relação com madame de Nangis, você o conseguiria.

— Se ele fosse capaz de abandonar aquela que ele seduziu e desgraçou, eu o odiaria.

— Ele já não traiu suas promessas? Não gosta de você mais do que dela?

— É-se senhor de seu coração?

— Você lançaria essa pergunta para justificar a inconstância de uma mulher?

— Não, só a traição de um amante pode perdoar nossa mudança.

— Então você concorda que a maior loucura para nós é a de envolvermo-nos apaixonadamente com seres que não podem ter nossos escrúpulos e nossa delicadeza e que não poderiam partilhar de nossos sentimentos? Essa pobre madame de Nangis, tão jovem, tão bela, tão sensível, já foi traída!...

— Não, ela não o foi, ele ama a ambas, mas madame de Nangis é *sua namorada secreta*; eu ocupo em seu coração tão somente a segunda colocação.

— Ele nada obteve de você e, por conseguinte, você reina soberanamente em sua imaginação: eis, acredite-me, o primeiro lugar no amor. Mas, minha cara Natalie, quais são suas intenções?

— Surpreender aquele que amo, conquistar sua mais perfeita estima, que minha rival não pode conseguir inteiramente, e, por fim, preservar em seu espírito todos os sentimentos que sobrevivem às paixões. Então um dia nós nos encontraremos e a fiel amizade consolará e compensará dois corações que o amor não ousou reunir!

— Eis um plano bem romanesco, tomara ao menos que não ponha em risco o seu sossego...

Ao final dessa conversa, Natalie reiterou à sua irmã a promessa que tinha feito a si mesma de evitar Germeuil, e a cumpriu firmemente. Germeuil a auxiliou nesse desígnio, e Natalie não deixou de comentar com sua irmã uma conduta que de fato merecia sua estima, posto que era sincera e desprovida de todo tipo de artifício. Germeuil tinha uma bela alma; o amor, para ele, nunca estava separado da mais viva e mais terna amizade. Natalie tinha-lhe causado no espírito e no coração uma impressão tão profunda que a via como a única pessoa com quem teria podido unir-se fortemente, mas, ligado à madame de Nangis por todos os laços do reconhecimento, pela perseverança que tinha dedicado em seduzi-la e, sobretudo, pelo sentimento que ela tinha por ele, a ideia de mergulhá-la no desespero, abandonando-a, causava-lhe horror. Ele, todavia, descobriu que não há meios que possam corrigir o amor. A despeito de todos seus cuidados e de seu comportamento, madame de Nangis, desde a aventura da romança, estava descontente e tinha ciúme de Natalie, mas, com a doçura que a caracterizava, não se queixava, sofria em silêncio. Ela sabia, aliás, que não podia acusar nem Germeuil nem Natalie, que eles não se viam, mas um instinto secreto, um pressentimento que nunca engana em se tratando do amor, a advertia de que Natalie era a única mulher que ela devia temer. O amor é feito para ser indiscreto, é a própria prudência quem o trai. Germeuil acreditava esconder sua queda por Natalie evitando-a permanentemente, não falando dela nunca, mas essas precauções revelavam seus sentimentos. Olhos penetrantes podiam ver que ele não encontrava Natalie porque fugia dela e que, se evitava falar sobre ela, era apenas por temer pronunciar o seu nome.

Madame de Nangis e Natalie, longe de odiarem-se, tinham uma pela outra um interesse sincero. Amar o mesmo objeto é um tipo de simpatia quando não se disputa nada. Elas encontravam-se sempre com prazer. Não se cansavam de examinarem-se mutuamente. Ao interesse de Natalie por esse exame não se somavam inquietações. Ela pensava: "Eis aquela que ele amou apaixonadamente!" Madame de Nangis experienciava uma emoção menos terna. Ela dizia-se: "Eis aquela que talvez ele venha a amar..."

Em meados do inverno, madame de Nangis inoculou a vacina contra a varíola, o que a deixou bem doente, ainda que sem nenhum perigo. Natalie pediu notícias suas diariamente, e bateu ela própria por diversas vezes à porta de sua rival. Quando madame de Nangis retornou à sociedade, acharam-na diferente. Ela de fato mudara, havia perdido aquela flor de beleza que, uma vez murcha, jamais readquire seu primeiro brilho. Menos deslumbrante e menos bela, tornou-se para Natalie ainda mais interessante...

Uma noite, Natalie encontrava-se em uma roda com inúmeras pessoas ao lado de Germeuil. Algum tempo depois, madame de Nangis chegou. Ela fez uma rápida visita e saiu. Germeuil ficou e, quando madame de Nangis foi embora, todas as mulheres, com um tom lastimoso e o ar de interesse, deploraram sua enorme mudança: somente Natalie afirmou com veemência que madame de Nangis se mantinha bela como antes. Melanide, mulher de que já se falou e que ainda tinha a pretensão de conquistar o coração de Germeuil, declarou que se o nome de madame de Nangis não tivesse sido anunciado, ela não a teria reconhecido. Este exagero suscitou a indignação e a fúria de Natalie, que disse a Melanide tudo de mais mordaz que a cortesia podia permitir. Durante a disputa, Germeuil, de olhos fixos em Natalie, olhava-a e escutava-a com ternura. Ele jamais a achara tão fascinante. Que mulher ao defender uma rival não ficaria ainda mais bela? A magnificência daquelas que se põem acima da inveja e do ciúme desperta surpresa e admiração nos homens e comove as mulheres. Parece que todas as virtudes generosas não lhes custam esforço, elas têm em si mais charme do que brilho e são confundidas com seus encantos.

Dias depois, estando o conde de Nangis em Versalhes, local de que ele só retornaria no dia seguinte, a condessa cometeu a imprudência de ir sozinha ao baile da Ópera, pois sabia que Germeuil lá estaria. Germeuil não portava máscara. A condessa tomou-o pelo braço e passeou pelo salão com ele. Natalie estava nesse mesmo baile com Dorothée. Por um singular acaso, ela vestia, como a condessa, um manto cinza de lapela branca, e como tinha a altura da condessa, poder-se-ia facilmente confundir uma com outra. Natalie seguia mecanicamente madame de Nangis, que reconhecera havia pouco, e andava bem atrás de Germeuil. A multidão separou-a deles um instante. Sem demora, voltou a reaproximar-se deles no momento em que madame de Nangis, exasperada, dizia a Germeuil: "Ele está a poucos passos, ele me reconheceu, estou perdida, ele aproxima-se..." Natalie presumiu que se tratava do Sr. de Nangis, que não conseguia distinguir naquele instante. Sem tardar, Natalie larga bruscamente o braço de Dorothée, toma o de Germeuil e diz à condessa: "Fuja, senhora, e vá trocar de roupa!" A condessa, tomada de pavor, cede seu lugar a Natalie, abaixa-se, passa pelas pessoas e perde-se no meio delas. Um minuto depois, vê-se avançar o conde de Nangis com olhos ofuscantes de furor. Germeuil toma Natalie pelo braço, a multidão o separa dela novamente...

— Deixe-me falar com ele, diz ele vivamente, estou cansado de suas extravagâncias.

— Você quer arruinar Madame de Nangis?, retomou Natalie.

Estas palavras acalmaram Germeuil. Ele suspirou e cerrou o braço que mantinha sob o seu. Encontravam-se no fundo do salão, em uma das portas que davam para o corredor. Germeuil e Natalie adentraram. Nesse momento, o Sr. de Nangis correu para lá na direção de Natalie, que, imediatamente, tirou a máscara e, virando-se para ele: "Conheça enfim seu equívoco", disse-lhe ela mostrando-lhe Germeuil. "Sou eu quem o procura às escondidas, é ele que me atrai, é ele que eu amo". Com que alegria, com que deslumbramento Natalie fez essa declaração singular que lhe aliviava o coração, evitava um duelo e salvava sua rival! Nunca o amor, para se revelar, teve um pretexto mais belo. Germeuil toma uma das mãos de Natalie e a cobre de lágrimas. O conde, subjugado, enreda-se em desculpas e volta ao baile. Então Natalie, tremendo, perplexa com o que acaba de fazer, põe novamente sua máscara e diz:

— Era preciso salvar uma mulher interes-sante...

— Oh! Não me diga! Exclamou Germeuil, que essa voz encantadora não destrua a ilusão de uma extraordinária declaração que ficará para sempre gravada em minha alma.

— Vamos reencontrar minha irmã, disse Natalie, e ela voltou ao salão.

Este incidente teve enorme impacto. O Sr. de Nangis, completamente curado de seu ciúme, apressou-se em contar a seus amigos que tinha descoberto a paixão mútua de Germeuil e Natalie. Não inocentou sua esposa, mas todos foram persuadidos de que Germeuil sacrificara madame de Nangis por Natalie. A repercussão do episódio foi tal que seria difícil negá-lo. Para que o conde não se apercebesse de seu erro, Germeuil teve de convencer madame de Nangis de que ele deveria ir à casa de Natalie ao menos até o final do inverno. A infeliz condessa estremeceu ante tal proposta, mas não ousou rejeitá-la. Ainda que naturalmente viesse a não temer Natalie, não poderia jamais aceitar que se acreditasse que Germeuil estivesse apaixonado e com a intenção de casar-se com alguém. A essa dor de afeto e de amor-próprio, juntava-se um ciúme lancinante e, infelizmente, bem legítimo.

Natalie, por seu lado, persuadiu-se de que, se não recebesse Germeuil, acreditariam que ela não teria sido para ele senão um capricho. Após a confissão oficial, que ela não podia revogar, era preciso que essa relação durasse um certo tempo.

Ela, no entanto, pediu a Germeuil que tranquilizasse madame de Nangis e lhe anunciasse que, comprometida a seu favor em uma farsa necessária, declararia no fim de alguns meses que não teria conseguido renunciar à sua liberdade e que, por conseguinte, deixaria de ver Germeuil. Este, aliás, só era recebido por Natalie quando havia visitas em sua casa. Não podiam falar de seus sentimentos, mas compraziam-se ambos do conceito que se tinha da inteligência deles. O amor só preza o momento presente. É, de todos os sentimentos, aquele que menos se preocupa com o futuro: ele teme dirigir-lhe os olhos, pois não está certo de que se verá nele.

As mulheres que invejavam a conquista de Natalie manifestavam-se contra a infidelidade de Germeuil. Contudo, sua conduta as deixava extremamente desorientadas, pois, não estando mais o conde de Nangis enciumado, Germeuil ia mais do que nunca à casa da condessa, e como a condessa desejava imensamente que ninguém acreditasse que ele a tivesse abandonado, não dissimulava mais seus sentimentos, de modo que, expostos a todo tipo de extravagâncias, os observadores amiúde não sabiam o que pensar.

Próximo do final do inverno, o conde de Nangis deu um baile, ao qual não deixou de convidar Germeuil e Natalie, que compareceram. Madame de Nangis recebeu Natalie com uma graça e uma delicadeza que aturdiram a todos, e este era o seu intento. Viu-se as duas rivais, sempre uma ao lado da outra, olharem-se com benevolência e falarem-se com sentimento. A curiosidade não se cansava de examiná-las: os homens admiravam-se e as mulheres diziam: "Como são falsas!"

No fim da festa, como Natalie se queixava do calor, a condessa lhe propôs repousar-se por instantes em seu quarto. Natalie aquiesceu, conquanto um tanto acabrunhada, presumindo que iria encontrar-se frente a frente com ela. Madame de Nangis conduziu-a a seus aposentos, sentou-se ao lado dela em um sofá e, segurando-lhe as mãos fortemente, disse-lhe ternamente: "Meu anjo protetor, você duas vezes corrigiu meus descuidos! Duas vezes você me salvou! Ah, sua bondade me deu o direito de tudo esperar de você..." Nesse ponto, ela parou, enrubesceu e baixou os olhos. Natalie, comovida, entendeu que ela tinha um pedido a lhe fazer. "Fale, Madame, disse-lhe ela abraçando-a, gostaria de ser-lhe útil, de poder adivinhar seus pensamentos..." Ante essas palavras, os olhos de madame de Nangis encheram-se de lágrimas:

— Tenha piedade de minha fraqueza, respondeu-lhe, que você infelizmente conhece! *Eu o amo* demais, imagine então o que sinto por acreditar que ele se afeiçoa a você... Sei que o recebe em sua casa tão somente para sustentar seu benevolente estratagema. Mas se se pode receber seus cuidados com indiferença, quando se aparenta amá-la, pode-se fingir! Oh, não o receba mais... e você me devolverá a vida!

— Eu lhe prometo, interrompeu vivamente Natalie.

— Generosa e prezada Natalie, exclamou a condessa jogando-se em seus braços, de que terrível suplício você me livra! Você não me restituirá a felicidade, eu a perdi sem volta perdendo minha própria estima, mas ao menos você me livra de uma inquietação inclemente, insuportável...

— Eu farei melhor, retomou Natalie, partirei amanhã para a pequena propriedade que tenho na Provença. Lá ficarei por um ano...

— Nada disso, disse-lhe a condessa. Não se afaste, sua ausência me afligiria. Aliás, o que diriam todos?

— Fique tranquila, disse Natalie, ajeitarei tudo de modo aceitável.

Vieram interromper essa conversa e tiveram de retornar ao baile. Natalie viu Germeuil dançando com Melanide, o que lhe deu a ideia de simular descontentamento, pois era sabido de todos que ela não gostava de Melanide e que esta tinha interesse em Germeuil. Natalie tomou o Sr. de Nangis por confidente de seu pretenso despeito e, quando o jantar foi servido, ordenou baixinho a Germeuil que se colocasse ao lado de Melanide à mesa. Natalie sentou-se entre o senhor e a senhora Nangis e, durante todo o jantar, nutriu no conde a ideia de que estava indignada com Germeuil: o conde achou sua raiva exagerada, mas julgou-a sincera, e isso era tudo o que ela queria. Tão logo terminou o jantar, Natalie retirou-se. Ao despedir-se de madame de Nangis, abraçou-a com aquele sentimento de ternura que se tem pelo objeto ao qual se acaba de ofertar um sacrifício. Ao chegar em casa, Natalie escreveu a Germeuil. Seu bilhete era frio, lacônico, sem nenhuma expressão que demonstrasse amor. A piedade e o entusiasmo que lhe inspiravam a confiança e o reconhecimento de madame de Nangis sufocavam nela qualquer outro sentimento. Acreditaria cometer uma traição naquele momento se se mostrasse sensível a Germeuil, e lembrava-se até com uma espécie de remorso das provas de afeto que lhe havia dado. Natalie, com efeito, tinha diante de seus olhos a figura angelical e súplice de madame de Nangis implorando-lhe compaixão. Tão tocante imagem a conduziu enfim a fazer salutares reflexões.

Ela não achava mais desculpável a infidelidade de Germeuil: tal ato indignava-a e, sobretudo, apavorava-a.

Na manhã seguinte, ela despediu-se de sua irmã e, ao meio-dia, deixou Paris.

Essa partida brusca teve grande repercussão: o conde de Nangis atribuiu o afastamento à ruptura com Germeuil, supostamente causada pelo mal fundado ciúme que Natalie teria de Melanide. Durante oito dias, não se falou senão dela, mas, dias depois, não se pensou mais no caso. De início, Germeuil ficou muitíssimo aflito. Na alta roda, tudo inflama o amor: a cortesia e os galanteios, que dele amiúde são o reflexo; os espetáculos que, ininterruptamente, dele retraçam o charme e a violência; e as reuniões e festas em que as pessoas se encontram; mas os ausentes, sobretudo quando não escrevem, são logo esquecidos por aqueles que vivem na diversão. As paixões originam-se e animam-se mais facilmente em sociedade do que no isolamento, mas é na solidão que se alimentam: é perigoso ali levar o amor, pois lá ele não cicatriza. Germeuil conservou sua dor enquanto duraram as sensações que realmente lhe traziam a lembrança de Natalie. Após ter passado cinco ou seis vezes na rua em que ela morava, ter ouvido em vários concertos outras mulheres cantarem e tocarem harpa, ter-se acostumado a não a encontrar na corte nem nos bailes, parou de pensar nela. Então, aplaudiu sua *coragem*, e é assim que, por uma ilusão frequente de amor-próprio, a faculdade de esquecer, que provém da fraqueza, é continuamente atribuída ao mais penoso esforço da razão. Enquanto Germeuil paulatinamente se esquecia de Natalie, sem todavia retomar por madame de Nangis os primeiros ardores, Natalie nele pensava em todos os instantes do dia. Ela era de uma índole mais constante e enérgica. Vivendo em uma profunda solidão, nada podia, aliás, distraí-la de seus sentimentos. Mal havia ela deixado Paris e Germeuil despontou em sua imaginação nos mais comoventes traços: viu-o desesperado e parou de condená-lo, condoeu-se dele no fundo de sua alma, disse a si mesma que, apesar de sua inclinação por ela, ele jamais hesitou entre ela e madame de Nangis, atribuiu mérito ao fato de que ele jamais lhe falara abertamente de sua paixão, como se, quando duas pessoas se entendem tão bem a ponto de dispensarem explicações, fossem necessárias declarações formais, como se a expressão dos olhares, a voz alterada e as palavras ingênuas que escapam – e cujo sentido se confirma quando se finge refutá-las – não fossem, a qualquer tempo, a verdadeira linguagem do amor!...

Natalie logrou na Provença a experiência de um estilo de vida novo para ela, posto que nunca havia vivido no mais absoluto isolamento. As pessoas ativas e sensíveis comprazem-se melhor na solidão do que os temperamentos indolentes e frios, que têm necessidade de badalação e do agito das distrações. É possível entediar-se, achar-se só, tendo uma imaginação viva, talento, uma consciência pura e uma lembrança que se mantém fortemente viva? Natalie, na realidade, afligia-se com a ausência de Germeuil, mas estava certa de que seu sacrifício fazia com que a admiração dele por ela aumentasse. Ademais, seja qual for a situação em que se possa encontrar, ao amor, quando compartilhado, falta porventura esperança? Madame de Nangis deplorava a virtude perdida. Estava descontente com seu amante. Ela conseguiria romper uma corrente que arrastava gemendo? Natalie, por fim, fazia da paixão que Germeuil tinha por ela uma ideia romanesca e exagerada. Quando se tem apenas vinte e dois anos, não se tem o direito de tudo esperar do tempo, da perseverança e do amor? Natalie voltou a escrever e a compor com mais prazer do que nunca. Acabou várias obras, dentre as quais um romance. Quando se escreve com verdade e que se busca tão somente no coração os sentimentos enternecedores que se quer exprimir, há nessa ocupação um tal encanto que facilmente pode assemelhar-se à felicidade. É muito mais aprazível, para o coração e para a alma, fazer um romance do que escrever sua própria história. No último caso, a dissimulação é ao mesmo tempo um erro real e um dever que esfria a imaginação, e a sinceridade perfeita é sempre uma imprudência (e normalmente um ridículo). Em suma, é muito difícil falar de si com graça, interesse e dignidade: é horrível pensar que os casos mais dignos de elogio serão sempre um pouco suspeitos, pois a parcialidade natural do *historiador* lança grandes dúvidas sobre a *história*. Escrevendo um romance, no entanto, pode-se, sem ter o vão projeto de edificar seu autorretrato, de mil maneiras embelezar e pintar vagamente a si mesmo sem enganar o leitor, a quem se prometeu unicamente uma fábula. Por último, é ainda mais aprazível pintar aquilo que se ama, nesse tempo feliz da vida em que se vê tudo o que interessa com a ilusão da confiança cega e da sensibilidade! Oh! Como esses quadros traçados na juventude devem ser puros, animados e perfeitos! Supõe-se terem sido feitos fidedignamente, ao natural... Passado esse tempo, tendo a triste experiência rasgado o véu mágico e brilhante que enfeitava a amizade e dava tanto encanto a todos os sentimentos, ama-se então retraçar as fantasias que seduziram. Ao fazê-lo, não se julga criá-las, mas reproduzi-las...

Natalie estava havia oito meses na clausura quando lhe chegou de Paris a notícia de que madame de Nangis (cuja saúde se debilitara desde a inoculação da vacina) padecia de fortes dores no peito e de que os médicos viam seu mal como incurável. Dizia-se ainda que, não se iludindo sobre seu estado de saúde, madame de Nangis não quisera mais ver Germeuil e passara a expressar os maiores sentimentos de devoção. Essa mulher desafortunada, não podendo perdoar sua própria fraqueza nem se consolar pela indiferença do amante, foi vítima de seu remorso e de seu amor. Germeuil jamais cessara de lhe dispensar os mais ternos e assíduos cuidados, mas não estava mais apaixonado por ela. Os homens, por um pujante interesse de ambição ou de amor-próprio, sabem muito bem usar o tom e a linguagem da paixão, mas nunca o reconhecimento e a piedade os induziram a fingir! Madame de Nangis morreu nos primeiros dias da primavera, treze meses depois da partida de Natalie. Germeuil demonstrou, naquele momento, muita sensibilidade; as repreensões que podia fazer a si mesmo acrescentavam à sua dor o mais ardente remorso; sentia, então, o quão bárbaro e repreensível é seduzir uma mulher jovem, sensível e virtuosa, que cede tão somente porque se soube persuadi-la de que ela é o objeto de uma paixão violenta que durará para sempre; e qual homem pode iludir-se a esse ponto? Germeuil caiu doente e ficou acamado por oito dias. Condoeram-se de seu pesar, e ele mesmo acreditou ter expiado, por um acesso de febre, um mal irreparável. Avisaram Natalie de que ele estava doente. Natalie, cuja imaginação não permitia que se perdesse a oportunidade de criar um romance tocante ou trágico, viu Germeuil à beira da morte e fez dele o herói e o mártir do reconhecimento e da amizade. Transpassada de dor, de compaixão e de admiração, ela partiu imediatamente, chegando a Paris quinze dias depois da morte de madame de Nangis. Assim que chegou, pediu notícias de Germeuil. Ele estava em Versalhes, pois mesmo aqueles que porventura usavam vestimentas que expressassem dor ou que tinham havia pouco perdido um pai ou uma esposa, não indo, por decoro, a espetáculos, compareciam à corte trajando luto fechado. O costume proíbe que os aflitos se distraiam com divertimentos, mas lhes permite consolarem-se com a ambição. Germeuil reencontrou Natalie e logo recobrou toda a queda que tinha por ela.

Um amor contra o qual sempre se lutou não envelhece nunca. Se pôde abrandar-se na ausência, pode a toda a hora despertar e extasiar. Escrupuloso, Germeuil não se atreveu a falar de amor a Natalie durante o luto de madame de Nangis. Devia-se chorar enquanto se desse com motivos que não permitiam o esquecimento. O resguardo é muito mais extenso e severo na alta roda do que nas camadas populares. Ele é de tal modo delicado que amiúde se assemelha ao sentimento: é, por certo, concebido para substituí-lo.

Natalie estava em Paris havia apenas oito dias quando, numa noite, lhe disseram que o pároco de Saint-Sulpice queria falar-lhe em particular. Ela o recebeu de imediato. O venerando pastor apresentou-lhe uma caixa lacrada dizendo que a condessa de Nangis, na véspera de sua morte, o havia encarregado de entregá-la a Natalie. Ao ficar sozinha, abriu o pacote misterioso com uma comoção inexprimível. Nele encontrou um medalhão que armazenava fios de cabelo e o retrato de Germeuil, embalado em um bilhete quase ilegível, traçado por uma mão lânguida, e que continha estas palavras:

> *"Deixo-lhe o que me é proibido lamentar, o que só poderia ceder sem sofrimento à generosa Natalie. Não se compadeça de mim. Eu sofri tanto, que o momento em que me encon-*

> *tro não é para mim senão um feliz descanso. Amei apaixonadamente aquele de quem não fui capaz de conservar, não sem compartilhamento, o coração... Possa um sentimento legítimo fixá-lo! Que você possa ser feliz! Esse é o último desejo do mais terno reconhecimento, e ele deve ser realizado..."*

Natalie banhou esse bilhete de lágrimas. Olhava tristemente o retrato e os cabelos em torno dos quais estavam escritas estas palavras: *Amor* e *constância*. Meu Deus, disse ela, eis o que ele pensou! Eis o que ele deu! E, poucos meses depois, ele não mais amava essa mulher tão bela, tão comovente... Esse pensamento terrível causou em Natalie uma impressão profunda, mas ela tinha deixado sua paixão fortalecer-se. Ela poderia ter prevenido, ou ao menos temido, os perigos dela decorrentes; agora não estava mais a seu alcance atenuá-la. Achou por bem esconder esse episódio de Germeuil, pois ele evitava a todo custo falar de madame de Nangis, mesmo indiretamente, e Natalie não queria reavivar a dor e os remorsos dele. Pôs em seu pescoço o medalhão, que fizera ligar a uma corrente de ouro, e prometeu a si mesma que nunca falaria a esse respeito com ele.

Por fim, após alguns meses, Germeuil, perdidamente apaixonado e impetuosamente amado, falou de seus sentimentos com toda a veemência provocada por um amor por tão longo tempo contido. Natalie ouvia-o com um prazer acompanhado de alvoroço e inquietação. A promessa de amor eterno e a palavra *constância* na boca de Germeuil faziam--na estremecer. De tanto ouvi-lo repetir as mesmas frases, essa impressão arrefeceu e logo ela achou que se Germeuil tivesse amado madame de Nangis como a amava, ele não teria nunca mudado.

Germeuil não podia falar de amor a Natalie sem lhe pedir sua mão, mas Natalie achava que Germeuil, em consideração a seu caráter honroso e em benefício de sua reputação, não deveria tomar tão depressa tal resolução. Ficou acertado que Natalie só receberia o pedido de Germeuil sete ou oito meses depois, e que, enquanto isso, não se tocaria no assunto com ninguém. Germeuil, a fim de concluir alguns negócios antes do casamento, partiu para Flandres, prometendo voltar em dois meses.

Poucos dias após sua partida, uma família interessante, que caíra em uma miséria medonha após um encadeamento estapafúrdio de revezes, procurou Natalie com intenção de obter, por crédito dela, algum abrandamento para seus males. Natalie conhecera esses mal-afortunados por intermédio de um velho amigo de seus pais, homem que somava à grande lucidez uma profunda estima por ela (e que ela reverenciava desde criança).

Era-lhe de tal modo afeiçoada que, desde sua volta da Provença, o consultara a respeito de um de seus manuscritos, prova de confiança que só havia dado até então a Dorothée. Num dia em que lastimava, ao lado dele, a deplorável situação da família que lhes cativava o interesse, Bréval (chamavam assim ao amigo) lhe perguntou se ela era verdadeiramente capaz de fazer tudo o que estivesse a seu alcance para salvar aqueles infelizes.

— Como pode você duvidar, respondeu Natalie, você que sabe tudo o que já fiz por eles, você que sempre me acompanha quando vou visitar aqueles que estão na prisão?

— Esses três fidalgos infelizes serão condenados à prisão perpétua se não puderem pagar à vista a soma de quarenta mil francos, mas eles não têm absolutamente nada...

— Ai! Eu sei disso, e não posso senão abrandar o cativeiro deles.

— Cabe só a você desencarcerá-los...

— Como?

— Sim, você pode devolver a liberdade a esses três valorosos militares, dos quais um, coberto de gloriosas feridas, serviu quarenta anos com o mais brilhante valor.

— Explique-se, o que posso fazer?

— Levar para a gráfica a obra que você me deu para ler...

— Meu Deus! Que proposta é essa? O que Dorothée diria? O que Germeuil acharia disso?

— Pense somente nos desafortunados que padecem na prisão de For-l'Évêque.

— Mas como esperar que a venda dessa obra possa render quarenta mil francos?

— A autora é jovem e bonita, é seu primeiro livro, sua obra tem graça e originalidade e será laureada. Dela lançaremos em poucos meses duas edições e assim juntaremos os quarenta mil francos.

— Mas que triunfo! No entanto, prometi à minha irmã que jamais faria imprimir os meus escritos...

— Seu coração não prometeu a Deus que socorreria os desventurados por todos os meios que estivessem a seu alcance?

— Está bem! Vou escrever à minha irmã, que está no campo e só volta em quinze dias. Se ela aprovar essa ação, eu a farei.

— E se ela não a aprovar, você abandonará os desgraçados aos quais você jurou a mais terna estima? Recusando-lhes um socorro que lhe é fácil de dar, é você mesma quem os condenará, será destinar ao desastre o fim arruinado de suas existências. Se o desespero abreviar seus dias, se morrerem na prisão, você viverá livre de arrependimentos, sem remorso? Pois bem! Para fazer uma boa ação, você precisa de conselhos? Consulte apenas a bondade!

— Se, porém, a amizade o enganar no que diz respeito a essa obra... Se ela for medíocre...

— Asseguro-lhe que terá sucesso.

— E se fracassar?

— A razão que lhe terá feito publicá-la a consolará do fiasco.

Faltava perspicácia a Natalie quando se tratava de lutar contra um argumento generoso, ainda que fosse imprudente. Com ela, tinha-se a certeza de que se teria razão se se atingisse seu coração: emocioná-la e comovê-la era convencê-la.

— Enfim, disse-lhe Bréval, se você estiver de acordo com minha proposta, nossos pobres prisioneiros, que agora se encontram no desalento da mais profunda dor, podem ser, em poucos minutos, reanimados e consolados. Duas linhas suas lhes dariam esperança e felicidade...

— Não me oponho mais, exclamou Natalie, e corramos ambos, meu caro Bréval, anunciar-lhes a notícia.

Ditas essas palavras, Natalie pediu que arreassem seus cavalos e pensou tão somente na alegria que despertaria. Suas promessas, suas aversões, seus medos, o mundo – até o amor! –, tudo foi esquecido naquele momento de entusiasmo. Ela via apenas a prisão em que se afligiam os oprimidos, sentia apenas a felicidade em secar as lágrimas de desespero... Natalie tomou naquele dia uma decisão irrevogável. Ela prometeu sua obra aos prisioneiros e recebeu as bênçãos do reconhecimento... Nunca um autor entrou na carreira literária sob auspícios tão amáveis! A obra, levada naquela mesma noite à editora, foi impressa com celeridade extrema. Após seis semanas, foi lançada, e seu sucesso foi tal como o previra Bréval. Enalteceu-se sobremaneira o autor em todos os jornais. Em menos de doze dias, a edição esgotou-se: muitas pessoas benevolentes, sabendo qual seria o destino da renda, não se limitaram a pagar o preço determinado. Um russo, entre outros, desembolsou duzentos luíses por um único exemplar. Todo esse dinheiro foi levado ao escritório do advogado dos prisioneiros, encarregado da venda do livro. Os quarenta mil francos foram amealhados. Natalie, feliz e triunfante, foi libertar os prisioneiros. Com que alegria viva e pura ela entrou naquela prisão, da qual ela arrancaria três vítimas do infortúnio! Com que arroubo ela lhes disse: "Venham, vocês estão livres!" Ela convidou-os para jantar em sua casa. Ao sair da mesa, deu-lhes divisas de capitão que tinha obtido a favor deles com os regimentos que partiam para a Córsega. Esse dia foi um dos mais bonitos de sua vida. Tudo era afável nesse início de carreira: o motivo, o sucesso, o resultado; e a inveja calava-se. Tudo aconteceu tão rapidamente que ela não teve tempo de meditar nem de preparar-se contra as maledicências. "Oh, minha querida Natalie", dizia Dorothée à sua irmã, "como seria sensato e belo se parasse por aí! Continue a escrever, já que você tem inclinação e talento para isso, mas não mais publique suas obras..." Como esse conselho era bom! Natalie não o seguiu. "Você tem medo de bobagens, respondeu-lhe, veja como o público é indulgente com uma mulher! Como os jornalistas são gentis! Enfim, dei o primeiro passo, que é sempre o mais difícil. A sorte está lançada, eis-me autora para o resto da vida." Dorothée suspirou, ela previa o futuro...

Natalie aguardava Germeuil com a mais viva impaciência. Achava que a glória que acabara de alcançar aumentaria o amor dele por ela, mas se enganava. Germeuil ficou envaidecido com o fabuloso sucesso daquela por quem era adorado. Ele admirou-a ainda mais. Ela, contudo, tornou-se para ele outra mulher, e perdeu com isso. Deixou de ser aquela Natalie ingênua e marota, cujos chistes o divertiam e cujas simplicidade e alegria tanto amava. Ela não mudara, permanecia a mesma, mas ele não mais a via com os mesmos olhos. Ele lhe imputava um orgulho que ela nunca tivera. Sua doçura e sua simplicidade não lhe pareciam senão condescendência, presumia que ao elevar-se ela se tinha afastado dele, pois ele permanecera no mesmo lugar, ao passo que Natalie abandonara o dela em uma rápida ascensão. Sua imaginação não mais a concebia com os cativantes traços que fazem nascer o amor. Não se representam os encantos amarrados a uma escrivaninha, escrutando e meditando na calma noturna: é um ramo de rosas que deve adornar a beleza, uma coroa de louros a envelhece. "Sim", dizia Germeuil a Natalie, "regozijo-me com seu sucesso, mas você não se condena por esbanjar com o universo talentos dos quais o amor se orgulhava ainda mais quando os desfrutava sozinho? Pois é! Hoje, todo o mundo a conhece tanto quanto eu! Não é tal fato um tipo de infidelidade de que seu amante teria o direito de queixar-se? Pois é! Esses sentimentos tão ternos, tão delicados, cuja expressão em suas cartas me deixava feliz, eu os encontro em seus livros! Aquelas frases comoventes, inspiradas pelo amor, pertenciam-me. Você toma-as de mim para publicá-las e para fazer delas ficção!"

Natalie via nesses protestos apenas bagatelas engenhosas, não se alarmava com eles, e comprazia-se sem receios com o esplendor de sua nova situação. Um jovem autor que estreia de maneira brilhante tem dois ou três meses de deslumbramento. O prazer de reler sua obra *impressa* ou deparar-se com as resenhas favoráveis que dela fazem os jornais, bem como ver saírem as primeiras traduções, as cartas lisonjeiras, os belos versos que se recebem, os elogios de todas as pessoas conhecidas ou que se encontram por aí, cada uma dessas coisas tem seu preço: no momento do arrebatamento, o coração tem seus deleites tal qual o amor-próprio; gaba-se, por ser querido, da aquisição de novos direitos; acredita-se honrar a amizade e justificar o amor; e, caso se tenha escrito uma obra comovente e moral, crê-se ter obtido a estima de todas as mulheres sensíveis e virtuosas; conta-se com a benevolência e até com o reconhecimento de todos os leitores de quem se deseja o aplauso. Eis os fascínios e as ilusões de uma celebridade principiante. Não os invejemos de uma mulher autora que com eles se delicia, ela pagará caro por eles adiante. Natalie logo entreviu que a reputação de escritor tem seus inconvenientes. Acabou por achar maçante e ridículo que ninguém pudesse abordá-la sem achar-se obrigado a falar de seu livro. Divisou em vários rostos uma expressão que lhe desagradou: deu-se conta de que não tinham mais a mesma benevolência para com ela, e que ela própria, longe de ter o mesmo encanto em seus círculos sociais, ostentava neles quase sempre um ar de sujeição. Os mais cultos queriam engajá-la em um tipo de conversa de que ela não gostava, as dissertações sentimentais e as discussões literárias; os ignorantes tímidos a temiam, os tolos presunçosos e decididos eram com ela mil vezes mais tolos e insuportáveis do que com outra, porque ela lhes inspirava o desejo de brilhar e de mostrar perspicácia; mas o que a martirizava infinitamente mais do que isso tudo era a inusitada mudança que notara nas maneiras e na conduta de Germeuil. Até aquele momento ela tivera, sem que essa fosse a sua pretensão, uma altíssima influência sobre ele, mas agora Germeuil, longe de mostrar a mesma consideração por suas opiniões, afetava obstinadamente contrariá-la em tudo o que ela dizia: antes, quisera tudo ceder à lucidez que via nela; desde então, nada queria outorgar à reputação dela, temendo aumentar sua vaidade e representar um papel subalterno aos olhos dos outros. Aquele que ostentara a glória de ter-se deixado subjugar por seus encantos teria enrubescido se o fosse pela superioridade de sua inteligência. Germeuil acreditava, por fim, disputando com ela esse domínio, restabelecer entre ambos a igualdade que não mais existia. Ele comprazia-se em dizer-lhe de mil formas diferentes coisas pouco amáveis, por vezes sob o véu da brincadeira, por vezes com o tom hipócrita de um falso interesse, e eventualmente com um azedume que não conseguia esconder. Foi assim que ele a avisou de que as mulheres, em sua maioria, não lhe eram, desde a publicação de seu livro, favoráveis.

— Mas, disse Natalie, o que fiz não é um ultraje a meu sexo.

— Ao contrário, respondeu-lhe Germeuil, o que você fez o enobrece, mas não há *espírito de corpo* entre as mulheres, o que deveria existir! Elas são educadas, por sua sensibilidade, para ter uma existência mais bela e menos egoísta do que a nossa, e a glória, salvo raríssimos casos, longe de ser-lhes uma conquista pessoal, quase sempre lhes é apenas um bem relativo. Elas a conhecem pelas ações de um pai, de um filho, de um marido; elas a tocam, mas não a concedem; e as leis, nesse ponto, estão de acordo com a natureza: não é justo que a glória pertença em particular àquele que pode transmiti-la em seu nome e deixá-la como herança?

Natalie escutava esse discurso com grande espanto. Não reconhecia mais aquele Germeuil que, meses antes, vira tão doce, tão submisso, tão lisonjeiro. De fato, o afago descomedido é próprio da linguagem do amor, linguagem sedutora posto que, embora exagerada, é usada de boa-fé. O amante que, a sós, começa a falar racionalmente, logo não é senão um amigo. Contudo, Germeuil ainda amava Natalie, e era com ela como se é com as crianças que se teme mimar elogiando-as diante delas, mas das quais prazerosamente se faz elogios quando estão ausentes. Longe dos olhos dela, ele recebia seu quinhão dos elogios que lhe faziam e ofendia-se com as críticas. Chegou até a distanciar-se das mulheres que invejavam Natalie (Melanide fazia parte desse grupo) e sentia uma satisfação íntima em expô-las falando-lhes de Natalie com admiração: eis um modo certeiro de desmascarar os invejosos que ainda não aprenderam a arte de dissimular, em casos como esse, o mal-estar e o despeito de que padecem. Se se trata de uma obra que faz sucesso, alguns dizem que ainda não a leram ou que não terminaram a leitura, e então *suspende-se* sua apreciação; outros fazem o penoso esforço de exaltar algumas passagens, mas de modo lacônico e com os mais frios e comedidos termos. Para diminuí-la, amiúde comparam-na a outra obra de sua preferência, e, em geral, o paralelo é ridículo; às vezes, deslumbram-se com a excelência de um autor já falecido, no intuito de desqualificar o autor vivo de que se fala. Outros, enfim, menos sensatos, adotam um tom de brincadeira e de ironia amarga para falar mal da obra, ou então criticam-na e golpeiam-na abertamente; e todos evitam falar dela ou esforçam-se para mudar de conversa quando alguém lhe faz um elogio.

Haviam-se passado três meses desde que Natalie se tornara escritora quando foi lançado seu segundo livro, produzido, como o primeiro, no curto espaço de poucos dias. Leram-no com a mesma avidez, traduziram-no com o mesmo cuidado, mas, dessa feita, os jornalistas não tiveram a *delicadeza* que inspirara tanto reconhecimento a Natalie. Vários deles fizeram críticas impiedosas e infiéis à obra, atribuindo falsamente à autora intenções malignas que ela nunca tivera. Não podendo, como gostariam, depreciar a obra, empenharam-se em difamar a autora, preenchendo suas crônicas com figuras infames e com traços caluniosos dirigidos contra ela. Dentre esses jornalistas, sobressaía especialmente um homem de letras chamado Surval, que, de admirador *fervoroso* de Natalie, se tornara rapidamente um de seus ardorosos detratores. Natalie acabara de romper relações com ele, pois percebera suas *pretensões* ridículas. Ficou, no entanto, inesperadamente surpresa por ser tratada daquela forma, não por Surval, mas por jornalistas que ela absolutamente desconhecia. "Que fiz eu", dizia ela, "para inspirar tanto ódio em pessoas que nunca receberam de mim a mais leve ofensa?"

Natalie enganava-se ao atribuir tais sentimentos àqueles literatos. Eles não a detestavam, forçavam-‑nos a falar, e alguns dentre eles não fizeram senão emprestar seus nomes às pessoas da sociedade que tinham redigido aqueles comentários.

Dorothée ficou tão indignada com a crítica de Surval que não conseguiu furtar-se a escrever-lhe a respeito. Sua carta era correta e ponderada, mas continha todos os reparos que se pode fazer a um homem que despreza o decoro e publicamente falta com a consideração que uma mulher tem o direito de receber. Dorothée não disse à irmã o que havia feito, mas, estando a sós com ela, mostrou-‑lhe a resposta de Surval. Natalie conhecia a letra dele e quis ver a carta, de modo que Dorothée foi obrigada a mostrá-la. Seu conteúdo era o seguinte:

> *"Concordo com a senhora. Embora as velhas leis de fidalguia tenham sido abolidas, os sentimentos que as ditaram subsistem ainda no coração dos franceses generosos: sim, senhora, sempre verei como um dever sagrado o emprego da força para amparar e proteger os mais fracos e para defender e vingar a beleza tímida humilhada ou inculpada, e que, modesta demais para responder por si mesma em público, não ousa elevar sua doce e sedutora voz para justificar-se. Eis os fascinantes seres que nos pedem socorro e que devem contar com nossa devoção. Mas o que tem em comum com essas mulheres, que o*

> *pudor torna tão encabuladas, aquela de quem a senhora quis fazer-me o defensor? A brilhante, a célebre Natalie entrou com tanto esplendor e segurança na arena em que os prêmios são disputados diante do universo! Ela não tem armas superiores àquelas que eu poderia empregar para defendê-la? Os mais renomados heróis sentiam-se covardes por atacar as Amazonas? Clorinda e Bradamante*[4] *tiveram por acaso cavaleiros?*
>
> *Quem aspira à glória aplica-se no combate. Tão logo se entra na carreira literária, não se anda senão acompanhado de rivais que se lançam à toda na direção do mesmo alvo, e a honra, nessa liça perigosa, impõe aos concorrentes uma só lei, a de não golpear no escuro. A partir do instante em que alguém se mostra e se identifica, o ataque é sempre legítimo, ou ao menos não é jamais desonroso.*
>
> *Queira, senhora, aceitar que eu assinei a crítica que a irritou. Creio que ela lhe desagradou e lastimo-me por isso, mas, por outro lado, estou certo de que não há motivos para que me julguem culpado por ter faltado ao respeito que deve todo homem bem nascido às mulheres que se assemelham à senhora.*
>
> *Respeitosamente, etc."*

— Muito bem, disse Natalie sorrindo, com coragem pode-se dispensar *protetores*, e com moderação e verdadeira filosofia pode-se abster-se de

4 Clorinda, guerreira muçulmana que se apaixona pelo cristão Tancredo, é uma personagem do poema épico *Jerusalém*

lutar! Não sou uma *Amazona*, e certamente Surval não será nunca um *Alcides*.[5] Aproveitarei as críticas razoáveis, mas não responderei aos deboches. Prosseguirei com calma, perseverança e firmeza o que comecei. A injustiça e a calúnia não poderão abater-me nem desencorajar-me. Esforçar-me-ei, aliás, por torná-las úteis para mim. Quero que sirvam para formar, para fortalecer meu caráter e para dar-me a paciência que protege de irritações, a grandeza que desdenha a vingança e a constância que triunfa sobre tudo.

— Você me encanta, exclamou Dorothée, essas decisões sábias e generosas poupá-la-ão de uma parte dos desgostos que eu temia que você sofresse. Não é mais, agora, o caso de olhar para trás, é preciso avançar no mesmo ritmo pelo campo semeado de espinhos em que você acaba de entrar. Ao menos a inveja e a maldade não poderão acusá-la de ter corrompido a juventude com seus escritos ou sujado sua pluma com indignas represálias, buscando macular o caráter e a reputação de seus inimigos. Ao criticar suas obras, não a culparão de ter pla-

---

libertada (1581), do italiano Torquato Tasso; Bradamante, ao contrário, é a cavaleira cristã que se afeiçoa ao combatente sarraceno Ruggiero, personagens de outro poema épico italiano do século XVI: *Orlando furioso* (1516), de Ludovico Ariosto (N. do T.).

5 Outro nome dado a Hércules, neto de Alceu.

giado nem escrito desarrazoadamente, não citarão nunca um *discurso confuso* seu, uma frase ininteligível, uma ideia infundada ou que encerre maus princípios. Que importância tem, aliás, tudo o que poderão dizer contra seu caráter ou talento?

A amável e perfeita Dorothée, longe de voltar ao passado, tratava apenas de fortalecer sua irmã para o futuro, não repetindo nunca, como tantas outras teriam feito em seu lugar, "Bem que eu lhe havia dito, eu a avisei". Dorothée nunca fazia repreensões inúteis.

Natalie, depois de ter lido todos os jornais, pensou estar livre, dessa vez, de ataques perversos, mas surgiram de repente dois ou três panfletos anônimos nos quais era caluniada da maneira mais absurda e execrável. Durante esse vendaval, a conduta de Germeuil com Natalie foi bem diferente daquela que tivera Dorothée. Ele parecia triunfar ao ler críticas satíricas; os libelos, no entanto, lhe despertaram uma raiva e uma tristeza imensas: era dar a calúnias extravagantes uma importância que tinha para Natalie algo de ofensivo. Essas linhas envenenadas lançadas contra ela acabaram por extinguir quase inteiramente o amor no coração de Germeuil. Natalie permanecia íntegra para ele, mas seu nome havia sido profanado pela maldade, e o amor é um sentimento tão bizarro e tão delicado que pode, por muito menos, transfigurar-se. Germeuil tornou-se soturno, apreensivo, esquisito; e Natalie, descontente.

Estava-se no mês de abril, e Germeuil casar-se-ia com Natalie no dia 25 de maio. Desde que tinha se desinteressado dela, dedicava-se sobretudo às suas promoções e à sua fortuna. Ele solicitara à corte um favor importante, e o irmão de Melanide havia, naquela época, sido alçado ao ministério. Germeuil, que há muito se apercebera das intenções secretas de Melanide em relação a ele, resolveu delas tirar proveito nessa ocasião. Ele nunca a tinha visitado. Dirigiu-se, então, até a casa dela, e o fruto dessa empreitada foi a promessa, poucos dias depois, de um efetivo empenho do ministro em apoiá-lo. Essa atitude machucou muito Natalie, que não escondeu de Germeuil a aflição que lhe causara os laços de amizade e gratidão com uma mulher que ele não estimava e que era inimiga declarada daquela que ele amava. Germeuil redarguiu-lhe secamente: os novos laços que Natalie igualmente constituíra o desagradavam, e, no entanto, ele não lhe pedira que os sacrificasse.

— Peça-o, disse-lhe Natalie, e eu o farei.

— Você teria dificuldade em privar-se do Marquês de C***.

— Ele o aborrece?

— Acho-o enfadonho e pedante.

— Você não gosta de que os homens de sociedade pertençam à academia.

— Nem escritores.

— Esses termos não são um pouco ríspidos?

— Por certo, se você assim o acha, mas lhe garanto que agora não estava pensando em você.

— Pior ainda! Preferiria uma grosseria a seu esquecimento. Voltemos ao Marquês de C***: você quer que eu pare de vê-lo?

— Não faça isso.

— Por quê?

— Porque ele está apaixonado por você e, caso se afaste, ele vingar-se-ia com uma sátira, algo que você já vivenciou. Os belos espíritos são idólatras muito perigosos: eles começam fazendo belos versos, mas, uma vez que tenham perdido a esperança, fazem ou encomendam libelos.

— Todo homem de letras infeliz no amor faz libelos! Eis uma bela sentença e um julgamento equânime! Você vocifera ininterruptamente contra os pobres escritores; quanto a mim, não faço epigramas, mas sei observar, e constatei que, em geral, as pessoas da alta sociedade que não cultivaram seu espírito nem sua memória sentem uma aversão natural por todas as pessoas de letras, que chamam, por escárnio, de *belos espíritos*. Esses *últimos são mais justos e indulgentes, reconhecem que se pode ter um espírito e um mérito superiores sem ser escritor* e não zombam da ignorância senão quando é invejosa e aviltante.

Esta resposta feriu profundamente o amor-próprio de Germeuil, algo que se perdoa muito menos no amor do que na amizade. Havia seis semanas que as conversas entre os dois terminavam quase sempre dessa forma, por impressões mordazes e maldosas, presságio quase certo, para aqueles que amam, de uma ruptura iminente.

Contudo, essas duas pessoas descontentes, empedernidas e ressentidas amavam-se bastante ainda, a ponto de não terem nunca tido a ideia de romper a relação, e a proximidade do dia em que deveriam unir-se parecia reanimar seus primeiros sentimentos. Assim que passou o *aniversário* de morte de madame de Nangis, Natalie e Germeuil comunicaram a familiares e amigos o projeto de união, anunciando que se casariam em quinze dias, e partiram imediatamente para a casa de campo de Dorothée, local em que seriam realizadas as núpcias. Melanide escandalizou-se com a notícia, persuadida de que Germeuil nutria por Natalie apenas um gosto passageiro. Ademais, Germeuil, ao ir à casa dela movido pela ambição, lançara mão de todos os meios que conhecia para agradá-la, e o que se chama de *graça* no que tange ao comportamento dos homens com as mulheres vem sempre associado à trapaça quando a mulher a que eles querem agradar é crédula e frívola. Melanide, como todas as mulheres graciosas às quais falta beleza ou que não são mais jovens, era ardilosa, e via na intriga, senão uma arte de sedução, ao menos um meio de agarrar um amante, e achava que um serviço prestado subjugava e consolidava o amor. Tão logo descobriu que Germeuil desposaria Natalie, ela sentiu-se traída e desesperançada. Movida pelo mais violento ressentimento, disparou rumo a Versalhes e conseguiu que se revogasse a promessa que seu irmão lhe fizera. Destruir num instante o que foi feito é muito fácil na corte! A função foi de imediato dada a outro. Germeuil o soube no dia seguinte, e sua cólera equiparou-se à sua surpresa. Ao mesmo tempo, imaginou que Natalie jactar-se-ia do resultado a que levara esse vínculo com Melanide, e essa ideia despertou-lhe uma raiva extrema contra Natalie, ainda mais chocante por ter-se manifestado no momento em que se faziam os preparativos das núpcias e em que Natalie lhe demostrava ternura como nunca o fizera.

Natalie gostava de dançar e, todos as noites, antes do jantar, dançava uma hora ou duas. Em um desses pequenos bailes, arrebentou, dançando, a corrente de ouro do medalhão que recebera de madame de Nangis, dentro do qual havia o retrato de Germeuil. Esse medalhão, que ela trazia sempre escondido cuidadosamente em seu seio, escapou com o movimento da dança e, deslizando sob o xale, caiu no chão. O cavalheiro com quem dançava rapidamente o pegou e o devolveu a ela. Ao recebê-lo, Natalie exclamou num impulso: "Ah! Entregue-me esse medalhão, que me é tão caro!" Germeuil, a dois passos atrás dela, ouviu essas palavras e ficou abalado. Ele havia-lhe dado tão somente um bracelete trançado com seus fios de cabelo. O que era então aquele medalhão tão *precioso* que ela usava sem mostrar e de que ela nunca havia falado? Não era o retrato de Dorothée que avistara na estante. O que era, então? Germeuil resolveu perguntar e, com o mau humor em que se encontrava, proferiu essa pergunta com um tom seco que desagradou a Natalie. Ela, entretanto, disse-lhe simplesmente que era uma prova de afeição que usava havia um ano.

— *De afeição*!, retrucou Germeuil. Esse segredo é algo realmente inusitado.

— Pelo menos, disse Natalie, isso não é *alarmante* para você.

— É um retrato?

— Sim.

— De Dorothée, certamente?

— Não.

— De que outra mulher, então?

— Não é de uma mulher.

— De quem é então esse retrato?

Natalie pensou nessa última questão, mas não lhe deu resposta.

— E então?, recobrou Germeuil.

— Dispense-me de dizê-lo, replicou Natalie.

— Você não está entendendo, disse Germeuil, perturbado.

— Por quê? Isso só pode ser curiosidade, é impossível que você tenha ciúme!

— Posso renunciar à sua confiança?

Natalie, então, refletiu mais um pouco. Em seguida, olhando fixamente Germeuil:

— Muito bem, vou saber se tenho a sua! Consinto em dizer-lhe a verdade: esse retrato é seu, mas é preciso que creia em minha palavra, não quero mostrá-lo a você.

— É um retrato meu!, retrucou Germeuil com um sorriso irônico. Reconheça que, nesse caso, a *verdade é pouco verossímil.*

— Mas, se eu o afirmo, *reconheça* que a mais leve dúvida de sua parte seria ao mesmo tempo um ultraje e um absurdo.

— Mas por que se recusar a mostrar-me *meu retrato*? Você nunca revelou nenhum tipo de capricho, e esse seria estranho.

— Você desconfia que isso seja um truque?

— Oh! Isso não é desconfiança.

— Ótimo. Se esse retrato não é seu, é uma mentira que digo para esconder uma farsa. Então, na véspera de desposá-lo, eu teria um amante? Você acredita nisso?

— Não, mas estou certo de que há nisso tudo um segredo que você quer esconder de mim.

— Sim, mas não me valho de nenhum truque. Eu lhe digo a verdade.

— Um segredo para com aquele que se ama é um crime.

— Essa máxima é falsa, e o que se passa entre nós neste momento é a prova.

— Findemos essa discussão, ela me aflige tanto quanto surpreende. Vou falar-lhe sem mistério nem rodeio. Se você se recusar a mostrar-me o medalhão, vou acreditar que é unicamente com o intuito de deixar-me irritado, de romper comigo.

— Se eu não amasse mais você, precisaria de um pretexto? Não sou mais livre?

— Você recusa-se, afinal, a atender meu pedido?

— E você, recusa-se a acreditar em minha palavra?

— O amor não se arriscaria a dar um voto de confiança ridículo.

— A estima daria aquele que exijo de você.

— Se você ainda me ama, mostre-me o retrato.

— Escute-me, Germeuil. Há três meses seu humor, sua instabilidade e amiúde sua frieza não me fizeram senão perceber muito bem que o seu afeto não é mais o mesmo para mim. De resto, para a união que vamos constituir, o amor não é necessário, mas não se pode prescindir de uma perfeita estima. Dê-me então da sua a prova que lhe peço. Acredite em mim nessa noite. Explico-lhe amanhã o que o espanta.

— Amanhã não haverá mais tempo, não acreditarei mais em você. Eu preciso ver esse retrato antes de ir embora daqui.

— Essa é sua última palavra?

— Sim, não vou mentir.

— Está certo! Eis a minha: se você persistir nessa ideia, eu vou mostrar-lhe o medalhão, mas nunca mais o verei.

— Essa ameaça confirma todas as minhas desconfianças.

— Pense bem, ainda há tempo.

— Não, Natalie, minha decisão está tomada. Você comprometeu-se a mostrar-me esse retrato, que, diz você, é meu, e não a deixarei enquanto você não tiver cumprido sua palavra.

— Você está decidido, então, a renunciar a mim.

— Estou decidido a ver esse medalhão.

Diante dessas palavras, Natalie, indignada, permaneceu um instante em silêncio.

— É então assim, retomou Germeuil, que você mantém suas promessas?

— Eu vou mantê-las, respondeu Natalie, vou esclarecê-lo e vou desnorteá-lo. Tome, Germeuil, aqui está o retrato. Ele deve despertar em sua consciência um duplo remorso. Eu quis poupá-lo de uma lembrança dolorosa e obter de você o sinal de confiança que você devia à minha índole, ao meu comportamento, aos meus sentimentos. Você me ignorou, você me insultou, você rompeu todos os laços que nos uniam.

Dito isso, Natalie não pôde reter suas lágrimas. Teria sido fácil para Germeuil obter perdão nesse momento, mas ele se mostrou mais confuso do que sensível: seu amor-próprio sofria muito mais do que seu coração, e ele nada disse do que deveria dizer. As lágrimas de Natalie secaram-se e eles separaram-se num rompimento sem volta. No entanto, Germeuil, no dia seguinte e nos subsequentes, fez tudo o que devia fazer para impor a Natalie o ar de *inflexível* aos olhos dos impassíveis, mas nada fez para reconquistar verdadeiramente um coração tão profundamente ferido. Os simples espectadores são em regra maus julgadores de discórdias sentimentais, pois dão razão àquele que tem autocontrole suficiente para não falhar em nenhuma *forma* de proceder. É assim que se porta aquele que ama menos, e eis o verdadeiro culpado. Todos interessaram-se por Germeuil: acusaram Natalie de caprichosa e de insensível, e ela, entretanto, foi a única digna de compaixão. Ela amava de verdade, ela amou por muito tempo. O inconstante Germeuil entregou-se por inteiro à ambição, que é a única paixão que pode subjugar os homens blasés e os corações frios.

Após seis semanas, eclodiu a revolução. Germeuil deixou a França imediatamente. Natalie partiu para o estrangeiro somente dezoito meses depois. Foi então que descobriu todas as inconveniências da fama. Quando se está no seio da família e se tem posses, é fácil desprezar libelos, mas quando se é privado de tudo, quando se busca um refúgio e não se tem outro recurso senão aquele de um trabalho que exige sobretudo uma perfeita tranquilidade de espírito, é preciso coragem para não se deixar abater nem desencorajar pela maldade e para preservar-se do amargor e da misantropia que a injustiça e a desgraça poderiam facilmente causar em tal situação. Natalie teve essa coragem. Dedicando-se exclusivamente a suas obras literárias, encontrou no estudo e nas belas-artes uma fonte inesgotável de conforto.

Dorothée, emigrada como ela, ficou muito mais tranquila durante o período de sua expatriação. Ela não tinha inimigos. Tendo sido logo autorizada a regressar à França, recuperou sua fortuna e trouxe a irmã de volta. Natalie, que não tinha o menor conhecimento de negócios, não obteve nenhuma restituição e perdeu irremediavelmente seu patrimônio. Reencontrou em seu país alguns amigos, muitos ingratos e vários inimigos. Não se queixou, e disse a si mesma: "A culpa é minha, por não ter seguido o exemplo e os conselhos de minha irmã!" Germeuil, que devia seu retorno às tramas de Melanide, casou-se com essa última por gratidão e, sobretudo, para restabelecer seus negócios.

Dorothée foi sempre, em todo e qualquer tempo, mais feliz do que sua irmã porque teve uma perfeita sensatez e um entendimento superior. Não ficou famosa, suas aventuras não foram romanescas, não inspirou grandes paixões; amaram-na sem ardor, mas com lealdade. Seu nome, desconhecido em países estrangeiros, sempre foi pronunciado no seu com estima e reverência. Ela foi útil a seus amigos e fez a felicidade de sua família. Tudo isso vale um romance: tão puro contentamento vale a *celebridade* de uma mulher escritora.

***

Cronologia

1746 – No seio de uma família nobre borgonhesa, nasce, no dia 21 de janeiro, Caroline-Stéphanie-Félicité du Crest de Saint-Aubin.

1763 – Aos dezessete anos, Félicité casa-se com o militar Charles-Alexis Brûlart, conde de Genlis.

1772 – Com a ajuda de sua tia, Madame de Montesson, Madame de Genlis torna-se dama de honra da esposa do duque de Chartres (futuro duque de Orléans e, a partir de 1792, chamado de Philippe Egalité).

1776 – De volta de uma viagem à Itália, Madame de Genlis visita Voltaire em Ferney. O registro desse encontro será assinalado em suas *Mémoires*.

1777 – Torna-se preceptora das filhas do duque de Orléans. Inspira-se, na realização dessa tarefa, no *Emile* de Jean-Jacques Rousseau.

1779 – Madame de Genlis lança com sucesso sua primeira obra, *Théâtre à l'usage des jeunes personnes*.

1782 – Publica o romance *Adèle et Théodore ou Lettres sur l'éducation*, obra que ganhará várias reedições e será traduzida para o inglês, o alemão e o espanhol. No mesmo ano, Madame de Genlis será nomeada governanta do filho do duque de Orléans, futuro rei Luís-Filipe I. As maquetes que fez confeccionar a partir de desenhos da *Enciclopédia* estão expostas no Musée des Arts et Métiers de Paris.

1789 – Madame de Genlis assiste, ao lado das crianças que educava, à demolição da Bastilha.

1793 – Seu marido e Philippe-Egalité são guilhotinados: o primeiro, por não ter votado favoravelmente à condenação de Luís XVI; o segundo, pela suspeita de que talvez conspirasse pelo retorno da monarquia (embora tenha, diferentemente do conde de Genlis, apoiado a sentença de morte do rei, de quem era primo). Nesse ano, Madame de Genlis parte em viagem para a Inglaterra, a Bélgica, a Alemanha e a Suíça.

1800 – Nos anos subsequentes à morte de seu marido, Madame de Genlis, obrigada a deixar a França, vive de seus escritos em diversas cidades europeias (dentre as quais Berlim e Londres). Nesse período, publica inúmeros livros, dentre os quais *Les petits émigrés, Les voeux solitaires, Les mères rivales*. Em julho de 1800, retorna a Paris. Instala-se, no ano seguinte, na Biblioteca do Arsenal, e, em 1804, recebe uma pensão do imperador. Na primeira década do século que se inicia, publica, dentre outros títulos, *Mademoiselle de Clermont, Alphonsine* e *La maison rustique,* e as biografias da duquesa de La Vallière e de Madame de Maintenon.

1815 – Com o fim do império napoleônico, Madame de Genlis obtém uma nova pensão (desta feita, da família de Orléans, à qual prestara serviços anos antes). Arruinada, vende parte de seus manuscritos a Talleyrand.

1825 – Publica, aos oitenta e um anos, os dez volumes de suas *Mémoires*.

1830 – Madame de Genlis falece, no dia 31 de dezembro, em Paris, deixando mais de cento e quarenta livros publicados. Apenas uma pequena parte dessa imensa produção foi reeditada.[1]

1 Informações biobibliográficas extraídas sobretudo dos "Eléments biographiques" fornecidos por Martine REID na edição de *La femme auteur* usada nesta tradução (Paris: Folio, 2007) e do verbete sobre Madame de Genlis assinado por Marie-Hélène C. TORRES e Clarissa MARINI in TORRES, Marie-Hélène C; SALES, Kall Lyws Barroso; RANGEL, Aída Carla. *Antologia de escritoras francesas do século XVIII*. Santa Catarina: Núcleo de Pesquisa de História da Tradução, 2015. Disponível em: https://mnemosineantologias.com. Acesso em: 05 de abril de 2020.

Damien Zanone

Professor de literatura francesa na Université Catholique de Louvain (Bélgica), Damien Zanone interessa-se sobretudo pela escrita autobiográfica e pelo romance do século XIX. Autor de *Écrire son temps. Les Mémoires en France de 1815 à 1848* (Lyon: Presses Universitaires de Lyon, 2006), estudo que trata da questão das memórias e dos laços entre literatura e história, Zanone foi também organizador de várias obras coletivas, dentre as quais *Le Moi, l'Histoire. 1789-1848* (Grenoble: UGA Éditions, 2005), *Le sens du passé* (Rennes: Presses universitaires de Rennes, 2013) e *"La Chose de Waterloo". Une bataille en littérature* (Brielle: Rodopi, 2017). Publicou numerosos artigos sobre George Sand e preparou as edições críticas de *Histoire de ma vie*, *Consuelo* e *Valentine*. Nos últimos anos, tem-se dedicado ao estudo das representações que associam as mulheres aos romances do século XIX.

Valter Cesar Pinheiro

Professor de literatura francesa na Universidade Federal de Sergipe, Valter Cesar Pinheiro fez graduação, mestrado e doutorado em Letras na Universidade de São Paulo e pós-doutorado na Sorbonne Université. Dedica-se a pesquisas no campo das literaturas brasileira, francesa e comparada, com ênfase no estudo das relações entre o Brasil e a França, tendo publicado *A França em contos de Mário de Andrade* (Editora UFS, 2014) e *René Thiollier: Obra e Vida do Grão-Senhor da Villa Fortunata e da Academia Paulista de Letras* (Ateliê Editorial, 2017) e traduzido *Reflexões sobre o processo da Rainha, por uma mulher*, de Madame de Staël (Editora UFS, 2020).

Títulos da coleção
Garimpo dos Editores

Domício da Gama. *De Paris*. São Paulo: Alameda Casa Editorial, 2020.

LABILLE-GUIARD, Adélaïde. *Portrait de Madame de Genlis*. 1790. Museu LACMA[1].

1 Disponível em: http://collections.lacma.org/node/171926. Acesso em: 07 de abril de 2020.

Alameda nas redes sociais:
Site: www.alamedaeditorial.com.br
Facebook.com/alamedaeditorial/
Twitter.com/editoraalameda
Instagram.com/editora_alameda/

Esta obra foi impressa em São Paulo no outono de 2021. No texto foi utilizada a fonte Palatino Linotype em corpo 11,5 e entrelinha de 17 pontos.